汪曾祺小全集

鸭名家

汪曾祺 著

汪朗 王干 主编

江苏凤凰文艺出版社

图书在版编目（CIP）数据

鸡鸭名家 / 汪曾祺著；汪朗，王干主编. —南京：江苏凤凰文艺出版社，2024.8（2025.7重印）

（汪曾祺小全集）

ISBN 978-7-5594-6803-1

Ⅰ.①鸡… Ⅱ.①汪…②汪…③王… Ⅲ.①中篇小说－小说集－中国－当代②短篇小说－小说集－中国－当代 Ⅳ.①I247.7

中国版本图书馆CIP数据核字（2022）第074960号

鸡鸭名家

汪曾祺 著　汪朗　王干 主编

出 版 人	张在健
策　　划	李 黎　王 青
责任编辑	孙建兵　李珊珊　胡 泊
特约编辑	王晓彤
责任印制	杨 丹
出版发行	江苏凤凰文艺出版社
	南京市中央路165号，邮编：210009
网　　址	http://www.jswenyi.com
印　　刷	江苏扬中印刷有限公司
开　　本	889毫米×1194毫米　1/32
印　　张	11
字　　数	150千字
版　　次	2024年8月第1版
印　　次	2025年7月第2次印刷
书　　号	ISBN 978-7-5594-6803-1
定　　价	298.00元（全10册）

江苏凤凰文艺版图书凡印刷、装订错误，可向出版社调换，联系电话 025-83280257

目录

- 001 鸡鸭名家
- 030 艺术家
- 045 落魄
- 066 绿猫
- 100 锁匠之死
- 117 王全
- 143 塞下人物记
- 164 黄油烙饼
- 178 寂寞和温暖
- 213 卖蚯蚓的人
- 223 故人往事
- 247 郝有才趣事

262	安乐居
281	鲍团长
292	忧郁症
303	子孙万代
310	水蛇腰
314	薛大娘
323	关老爷
331	合锦
338	百蝶图

鸡鸭名家

刚才那两个老人是谁?

父亲在洗刮鸭掌,每个跖蹼都掰开来仔细看过,是不是还有一丝泥垢,一片没有去尽的皮,就像在做一件精巧的手工似的。两副鸭掌白白净净,妥妥停停,排成一排。四只鸭翅,也白白净净,排成一排。很漂亮,很可爱。甚至那两个鸭肫,父亲也把它处理得极美。他用那把我小时就非常熟悉的角柄小刀从栗紫色当中闪着钢蓝色的一个微微凹处轻轻一划,一翻,里面的蕊黄色的东西就翻出来了。洗涮了几次,往鸭掌、鸭翅之间一放,样子很名贵,像一种珍奇的果品似的。我很有兴趣地看着他用洁白的,然而男性的手,熟练地做着这样的事。我小时候就爱看他用他的手做这一类的事,就像我爱看他画画刻图章一样。我和父亲分别了十年，他的这双手我还是非常熟悉。

刚才那两个老人是谁？

鸭掌、鸭翅是刚从鸡鸭店里买来的。这个地方鸡鸭多，鸡鸭店多。鸡鸭店都是回民开的。这地方一定有很多回民。我们家乡回民很少。鸡鸭店全城似乎只有一家。小小一间铺面，干净而寂寞。门口挂着收拾好的白白净净的鸡鸭，很少有人买。我每回走过时总觉得有一种使人难忘的印象袭来。这家铺子有一种什么东西和别家不一样。好像这是一个古代的店铺。铺子在我舅舅家附近，出一个深巷高坡，上大街，拐角第一家便是。主人相貌奇古，一个非常大的鼻子，鼻子上有很多小洞，通红通红，十分鲜艳，一个酒糟鼻子。我从那个鼻子上认得了什么叫酒糟鼻子。没有人告诉过我，我无师自通，一看见就知道："酒糟鼻子！"我在外十年，时常会想起那个鼻子。刚才在鸡鸭店又想起了那个鼻子。现在那个鼻子的主人，那条斜阳古柳的巷子不知怎么样了……

那两个老人是谁？

一声鸡啼，一只金彩烂丽的大公鸡，一个很好看的鸡，在小院子里顾影徘徊，又高傲，又冷清。

那两个老人是谁呢，父亲跟他们招呼的，在江边的沙滩上……

街上回来，行过沙滩。沙滩上有人在分鸭子。四个男子汉站在一个大鸭圈里，在熙熙攘攘的鸭群里，一只一只，提着鸭脖子，看一看，分别丢在四边几个较小的圈里。他们看什么？——四个人都一色是短棉袄，下面皆系青布鱼裙。这一带，江南江北，依水而住，靠水吃水的人，卖鱼的，贩卖菱藕、芡实、芦柴、茭草的，都有这样一条裙子。系了这样一条大概宋朝就兴的布裙，戴上一顶瓦块毡帽，一看就知道是干什么行业的。——看的是鸭头，分别公母？母鸭下蛋，可能价钱卖得贵些？不对，鸭子上了市，多是卖给人吃，很少人家特为买了母鸭下蛋的。单是为了分别公母，弄两个大圈就行了，把公鸭赶到一边，剩下的不都是母鸭了，无须这么麻烦。是公是母，一眼不就看出来，得要那

鸡鸭名家　003

么提起来认一认么？而且，几个圈里灰头绿头都有！——沙滩上安静极了，然而万籁有声，江流浩浩，飘忽着一种又积极又消沉的神秘的向往，一种广大而深微的呼吁，悠悠窅窅，悄怆感人。东北风。交过小雪了，真的入了冬了。可是江南地暖，虽已至"相逢不出手"的时候，身体各处却还觉得舒舒服服，饶有清兴，不很肃杀，天气微阴，空气里潮润润的。新麦，旧柳，抽了卷须的豌豆苗，散过了絮的蒲公英，全都欣然接受这点水气。鸭子似乎也很满意这样的天气，显得比平常安静得多。虽被提着脖子，并不表示抗议。也由于那几个鸭贩子提得是地方，一提起，趁势就甩了过去，不致使它们痛苦。甚至那一甩还会使它们得到筋肉伸张的快感，所以往来走动，煦煦然很自得的样子。人多以为鸭子是很唠叨的动物，其实鸭子也有默处的时候。不过这样大一群鸭子而能如此雍雍雅雅，我还从未见过。它们今天早上大概都得到一顿饱餐了吧？——什么地方送来一阵煮大麦芽的气味，香得很。一定有人用长柄的大铲子在铜锅里慢慢搅和着，就要出糖。——是约约斤两，把新鸭和老鸭分开？也不对。这些鸭子都差不多大，全是当年的，生日不是四月下旬就是五月初，上下差不了几天，骡马看牙口，鸭子不是骡马，也看几岁口？看，也得叫鸭子张开嘴，而鸭子嘴全都闭得扁扁的。黄嘴也是扁扁的，绿嘴也是扁扁的。即使掰开来看，也看不出所以然呀，全都是一圈细锯齿，分不开牙多牙少。看的是嘴。看什么呢？哦，鸭嘴上有点东西，有一道一道印子，是刻出来的。有的一道，有的两道，有的刻一个十字叉叉。哦，这是记号！这一群鸭子不是一家养的，主人相熟，搭伙运过江来了，混在一起，搅乱了，现在再分开，以便各自出卖？对了！对了！不错！这个记号做得实在有道理。

江边风大，立久了究竟有点冷，走吧。

刚才运那一车鸡的两口子不知到了哪儿了。一板车的鸡，一笼一笼堆得很高。这些鸡是他们自己的，还是给别人家运的？我起初真有些不平，这个男人真岂有此理，怎么叫女人拉车，自己却提了两只分量不大的蒲包在后面踱方步！后来才知道，他的负担更重一些。这一带地不平，尽是坑！车子拉动了，并不怎么费力，陷在坑里要推上来可不易。这一下，够瞧的！车掉进坑了，他赶紧用肩膀顶住。然而一只轱辘怎么弄也上不来。跑过来两个老人（他们原来蹲在一边谈天）。老人之一捡了一块砖煞住后滑的轱辘，推车的男人发一声喊，车上来了！他接过女人为他拾回来的落到地下的毡帽，掸一掸草屑，向老人道了谢："难为了！"车子吱吱呕呕地拉过去，走远了。我忽然想起了两句《打花鼓》：

恩爱的夫妻

槌不离锣

这两句唱腔老是在我心里回旋。我觉得很凄楚。

这个记号做得实在很有道理。遍观鸭子全身，还有其他什么地方可以做记号的呢？不像鸡。鸡长大了,毛色各不相同,养鸡人都记得。在他们眼中,世界上没有两只同样的鸡。就是被人偷去杀了吃掉,剩下一堆毛,他认也认得清(《王婆骂鸡》中列举了很多鸡的名目,这是一部"鸡典")。小鸡都差不多,养鸡的人家都在它们的肩翅之间染了颜色,或红或绿,以防走失。我小时颇不赞成,以为这很不好看。但人家养鸡可不是为了给我看的!鸭子麻烦,不能染色。小鸭子要下水,染了颜色,浸在水里,要退。到一放大毛,则普天下的鸭子只有两种样子了:公鸭、母鸭。所有的公鸭都一样,所有的母鸭也都一样。鸭子养在河里,你家养,他家养,难免混杂。可以做记号的地方,一看就看出来的,只有那张嘴。上帝造鸭,没有想到鸭嘴有这个用处吧。小鸭子,嘴嫩嫩的,刻几道一定很容易。鸭嘴是角质,就像指甲,没有神经,刻起来不痛。刻过的嘴,一样吃东西,碎米、浮萍、小鱼、虾蚤、蛆虫……鸭子们大概毫不在乎。不会有一只鸭子发现同伴的异样,呱呱大叫起来:"咦!老哥,你嘴上是怎么回事,雕了花了?"当初想出做这样记号的，一定是个聪明人。

然而那两个老人是谁呢？

鸭掌鸭翅已经下在砂锅里。砂锅咕嘟咕嘟响了半天了，汤的气味飘出来，快得了。碗筷摆了出来，就要吃饭了。

"那两个老人是谁？"

"怎么？——你不记得了？"

父亲这一反问教我觉得高兴：这分明是两个值得记得的人。我一问，他就知道问的是谁。

"一个是余老五。"

余老五！我立刻知道，是高高大大，广额方颡，一腮帮白胡子茬的那个，——那个瘦瘦小小，目光精利，一小撮山羊胡子，头老是微微扬起，眼角带着一点嘲讽痕迹的，行动敏捷，不像是六十开外的人，是——

"陆长庚。"

"陆长庚？"

"陆鸭。"

陆鸭！这个名字我很熟，人不很熟，不像余老五似的是天天见得到的老街坊。

余老五是余大房炕房的师傅。他虽也姓余,炕房可不是他开的,虽然他是这个炕房里顶重要的一个人。老板和他同宗,但已经出了五服,他们之间只有东伙缘分,不讲亲戚面情。如果意见不合,东辞伙,伙辞东,都是可以的。说是老街坊,余大房离我们家还很有一段路。地名大淖,已经是附郭的最外一圈。大淖是一片大水,由此可至东北各乡及下河诸县。水边有人家处亦称大淖。这是个很动人的地方,风景人物皆有佳胜处。这里出入的,大多是戴瓦块毡帽系鱼裙的朋友。乘小船往北顺流而下,可以在垂杨柳、脆皮榆、茅棚、瓦屋之间,高爽地段,看到一座比较整齐的房子,两旁八字粉墙,几个黑漆大字,鲜明醒目;夏天门外多用芦席搭一凉棚,绿缸里渍着凉茶,任人取用;冬天照例有卖花生薄脆的孩子在门口踢毽子;树顶上飘着做会的纸幡或一串红绿灯笼的,那是"行"。一种是鲜货行,代客投牙买卖鱼虾水货、荸荠茨菇、山药芋艿、薏米鸡头,诸种杂物。一种是鸡鸭蛋行。鸡鸭蛋行旁边常常是一家炕房。炕房无字号，多称姓某几房，似颇有古意。其中余大房声誉最著，一直是最大的一家。

余老五成天没有什么事情，老看他在街上逛来逛去，到哪里都提了他那把其大无比、细润发光的紫砂茶壶，坐下来就聊，一聊一半天。而且好喝酒，一天两顿，一顿四两。而且好管闲事。跟他毫无关系的事，他也要挤上来插嘴。而且声音奇大。这条街上茶馆酒肆里随时听得见他的喊叫一样的说话声音。不论是哪两家闹纠纷，吃"讲茶"评理，都有他一份。就凭他的大嗓门，别人只好退避三舍，叫他一个人说！有时炕房里有事，差个小孩子来找他。问人看见没有，答话的人常是说："看没有看见，听倒听见的。再走过三家门面，你把耳朵竖起来，找不到，再来问我！"他一年闲到头，吃、喝、穿、用全不缺。余大房养他。只有每年春夏之间，看不到他的影子了。

多少年没有吃"巧蛋"了。巧蛋是孵小鸡孵不出来的蛋。不知什么道理，有些小鸡长不全，多半是长了一个头，下面还是一个蛋。有的甚至翅膀也有了，只是出不了壳。鸡出不了壳，是鸡生得笨，所以这种蛋也称"拙蛋"，说是小孩子吃不得，吃了书念不好。反过来改成"巧蛋"，似乎就可通融，念书的孩子也马马虎虎准许吃了。这东西很多人是不吃的。因为看上去使人身上发麻，想一想也怪不舒服，总之，吃这种东西很不高雅。很惭愧，我是吃过的，而且只好老实说，味道很不错。吃都吃过了，赖也赖不掉，想高雅也来不及了。——吃巧蛋的时候，看不见余老五了。清明前后，正是炕鸡子的时候，接着又得炕小鸭，四月。

蛋先得挑一挑。那是蛋行里人的责任。鸡鸭也有"种口"。哪一路的鸡容易养，哪一路的长得高大，哪一路的下蛋多，蛋行里的人都知道。生蛋收来之后，分别放置，并不混杂。分好后，剔一道，薄壳，过小，散黄，乱带，日久，全不要。——"乱带"是系着蛋黄的那道韧带断了，蛋黄偏坠到一边，不在正中悬着了。

再就是炕房师傅的事了。一间不透光的暗屋

子，一扇门上开一个小洞，把蛋放在洞口，一眼闭，一眼睁，反复映看，谓之"照蛋"。第一次叫"头照"。头照是照"珠子"，照蛋黄中的胚珠，看是否受过精，用他们的说法，是"有"过公鸡或公鸭没有。没"有"过的，是寡蛋，出不了小鸡小鸭。照完了，这就"下炕"了。下炕后三四天，取出来再照，名为"二照"。二照照珠子"发饱"没有。头照很简单，谁都做得来。不用在门洞上，用手轻握如筒，把蛋放在底下，迎着亮光，转来转去，就看得出蛋黄里有没有晕晕的一个圆影子。二照要点功夫，胚珠是否隆起了一点，常常不易断定。珠子不饱的，要剔下来。二照剔下的蛋，可以照常拿到市上去卖，看不出是炕过的。二照之后，三照四照，隔几天一次。三四照后，蛋就变了。到知道炕里的蛋都在正常发育，就不再动它，静待出炕"上床"。

下了炕之后，不让人随便去看。下炕那天照例是猪头三牲，大香大烛，燃鞭放炮，磕头敬拜祖师菩萨，仪式十分庄严隆重。因为炕房一年就做一季生意，赚钱蚀本，就看这几天。因为父亲和余老五很熟，我随着他去看过。所谓"炕"，是一口一口缸，里头糊着泥和草，下面点着稻草和谷糠，不断用火烘着。火是微火，要保持一定的温度。太热了一炕蛋全熟了，太小了温度透不进蛋里去。什么时候加一点草、糠，什么时候撤掉一点，这是余老五的职份。那两天他整天不离一步。许多事情不用他自己动手。他只要不时看一看，吩咐两句，有下手徒弟照办。余老五这两天可显得重要极了，尊贵极了，也谨慎极了，还温柔极了。他话很少，说话声音也是轻轻的。他的神情很奇怪，总像在谛听着什么似的，怕自己轻轻咳嗽也会惊散这点声音似的。他聚精会神，身体各部全在一种沉湎，一种兴奋，一种极度的敏感之中。熟悉炕房情况的人，都说这行饭不容易吃。一炕下来，人要瘦一圈，像生了一场大病。吃饭睡觉都不能马虎一刻，前前后后半个多月！他也很少真正睡觉。总是躺在屋角一张小床上抽烟，或者闭目假寐，不时就着壶嘴喝一口茶，哑哑地说一句话。一样借以量度的器械都没有，就凭他这个人,一个精细准确而又复杂多方的"表",不以形求,全以神遇,用他的感觉判断一切。炕房里暗暗的,暖洋洋的,潮濡濡的,笼罩着一种暧昧、缠绵的含情怀春似的异样感觉。余老五身上也有着一种"母性"。(母性!)他体验着一个一个生命正在完成。

蛋炕好了,放在一张一张木架上,那就是"床"。床上垫着棉花。放上去,不多久,就"出"了:小鸡一个一个啄破蛋壳,啾啾叫起来。这些小鸡似乎非常急于用自己的声音宣告也证实自己已经活了。啾啾啾啾,叫成一片,热闹极了。听到这声音,老板心里就开了花。而余老五的眼皮一麻搭,已经沉沉睡去了。小鸡子在街上卖的时候,正是余老五呼呼大睡的时候。他得接连睡几天。——鸭子比较简单,连床也不用上;难的是鸡。

小鸡跟真正的春天一起来,气候也暖和了,花也开了。而小鸭子接着就带来了夏天。画"春江水暖鸭先知"的,往往画出黄毛小鸭。这是很自然的,然而季节上不大对。桃花开的时候小鸭还没有出来。小鸡小鸭都放在浅扁的竹笼里卖。一路走，一路啾啾地叫，好玩极了。小鸡小鸭都很可爱。小鸡娇弱伶仃，小鸭傻气而固执。看它们在竹笼里挨挨挤挤，窜窜跳跳，令人感到生命的欢悦。捉在手里，那点轻微的挣扎搔挠，使人心中怦怦然，胸口痒痒的。

余大房何以生意最好？因为有一个余老五。余老五是这行的状元。余老五何以是状元？他炕出来的鸡跟别家的摆在一起，来买的人一定买余老五炕出的鸡，他的鸡特别大。刚刚出炕的小鸡照理是一般大小，上戥子称，分量差不多，但是看上去，他的小鸡要大一圈！那就好看多了，当然有人买。怎么能大一圈呢？他让小鸡的绒毛都出足了。鸡蛋下了炕，几十个时辰。可以出炕了，别的师傅都不敢等到最后的限度，生怕火功水气错一点，一炕蛋整个的废了，还是稳一点。想等，没那个胆量。余老五总要多等一个半个时辰。这一个半个时辰是最吃紧的时候，半个多月的功夫就要在这一会见分晓。余老五也疲倦到了极点，然而他比平常更警醒，更敏锐。他完全变了一个人。眼睛塌陷了，连颜色都变了，眼睛的光彩近乎疯狂。脾气也大了，动不动就恼怒，简直碰他不得，专断极了，顽固极了。很奇怪，他这时倒不走近火炕一步，只是半倚半靠在小床上抽烟，一句话也不说。木床、棉絮，一切都准备好了。小徒弟不放心，轻轻来问一句："起了吧？"摇摇头。——"起了吧？"还是摇摇头，只管抽他的烟。这一会正是小鸡放绒毛的时候，这是神圣的一刻。忽而作然而起："起！"徒弟们赶紧一窝蜂似地取出来，简直是才放上床，小鸡就啾啾啾啾纷纷出来了。余老五自掌炕以来，从未误过一回事，同行中无不赞叹佩服。道理是谁也知道的，可是别人得不到他那种坚定不移的信心。这是才分，是学问，强求不来。

余老五炕小鸭亦类此出色。至于照蛋、煨火，是尤其余事了。

因此他才配提了紫砂茶壶到处闲聊，除了掌炕，一事不管。人说不是他吃老板，是老板吃着他。没有余老五，余大房就不成其为余大房了，没有余大房，余老五仍是一个余老五。什么时候，他前脚跨出那个大门，后脚就有人替他把那把紫砂壶接过去。每一家炕房随时都在等着他。每年都有人来跟他谈的，他都用种种方法回绝了。后来实在麻烦不过，他就半开玩笑似地说："对不起，老板连坟地都给我看好了！"

父亲说，后来余大房当真在泰山庙后，离炕房不远处，给他找了一块坟地。附近有一片矮松林，我们小时常上那里放风筝。蚕豆花开得闹嚷嚷的，斑鸠在叫。

余老五高高大大，方肩膀，方下巴，到处方。陆长庚瘦瘦小小，小头，小脸。八字眉。小小的眼睛，不停地眨动。嘴唇秀小微薄而柔软。他是一个农民，举止言词都像一个农民，安分、卑屈。他的眼睛比一般农民要少一点惊惶，但带着更深的绝望。他不像余老五那样有酒有饭，有寄托，有保障。他是个倒霉人。他的脸小，可是脸上的纹路比余老五杂乱，写出更多的人生。他有太多没有说出来的俏皮笑话，太多没有浪费的风情，他没有爱抚,没有安慰,没有吐气扬眉,没有……他是个很聪明的人,乡下的活计没有哪一件难得倒他。许多活计,他看一看就会,想一想就明白。他是窑庄一带的能人,是这一带茶坊酒肆、豆棚瓜架的一个点缀,一个谈话的题目。可是他的运气不好,干什么都不成功。日子越过越穷,他也就变得自暴自弃,变得懒散了。他好喝酒,好赌钱,像一个不得意的才子一样,潦倒了。我父亲知道他的本事,完全是偶然;他表演了那么一回,也是偶然!

母亲故世之后,父亲觉得很寂寞无聊。母亲葬在窑庄。窑庄有我们的一块地。这块地一直没有收成,沙性很重,种稻种麦,都不相宜,只能种一点豆子,长草。北乡这种瘦地很多,叫做"草田。"父亲想把它开辟成一个小小农场,试种果树、棉花。把庄房收回来,略事装修,他平日就住在那边,逢年过节才回家。我那时才六岁,由一个老奶妈带着,在舅舅家住。有时老奶妈送我到窑庄来住几天。我很少下乡,很喜欢到窑庄来。

我又来了!父亲正在接枝。用来削切枝条的,正是这把拾掇鸭肫的角柄小刀。这把刀用了这么多年了，还是刀刃若新发于硎。正在这时，一个长工跑来了：

"三爷，鸭都丢了！"

佃户和长工一向都叫我父亲为"三爷"。

"怎么都丢了？"

这一带多河沟港汊，出细鱼细虾，是个适于养鸭的地方。有好几家养过鸭。这块地上的老佃户叫倪二，父亲原说留他。他不干，他不相信从来没有结过一个棉桃的地方会长出棉花。他要退租。退租怎么维生？他要养鸭。从来没有养过鸭，这怎么行？他说他帮过人，懂得一点。没有本钱，没有本钱想跟三爷借。父亲觉得让他种了多年草田，应该借给他钱。不过很替他担心。父亲也托他买了一百只小鸭，由他代养。事发生手，他居然把一趟鸭养得不坏。棉花也长出来了。

"倪二，你不相信我种得出棉花，我也不相信你养得好鸭子。现在地里一朵一朵白的，那是什么？"

"是棉花。河里一只一只肥的,是——鸭子!"

每天早晚,站在庄头,在沉沉雾霭、淡淡金光中,可以看到他喳喳叱叱赶着一大群鸭子经过荡口,父亲常常要摇头:

"还是不成,不'像'!这些鸭跟他还不熟。照说,都就要卖了,那根赶鸭用的篙子就不大动了,可你看他那忙乎劲儿!"

倪二没有听见父亲说什么,但是远远地看到(或感觉到)父亲在摇头,他不服,他舞着竹篙,说:"三爷,您看!"

他的意思是说:就要到八月中秋了,这群鸭子就可以赶到南京或镇江的鸭市上变钱。今年鸡鸭好行市。到那时三爷才佩服倪二,知道倪二为什么要改行养鸭!

放鸭是很苦的事。问放鸭人,顶苦的是什么?"冷清"。放鸭和种地不一样。种地不是一个人,撒种、车水、薅草、打场,有歌声,有锣鼓,呼吸着人的气息。养鸭是一种游离,一种放逐,一种流浪。一大清早,天才露白,撑一个浅扁小船,仅容一人，叫做"鸭撇子"，手里一根竹篙，篙头系着一把稻草或破蒲扇，就离开村庄，到茫茫的水里去了。一去一天，到天擦黑了，才回来。下雨天穿蓑衣，太阳大戴个笠子，天凉了多带一件衣服。"连一个说话的人都没有。"远远地，偶尔可以听到远远地一两声人声，可是眼前只是一群扁毛畜生。有人爱跟牛、羊、猪说话。牛羊也懂人话。要跟鸭子谈谈心可是很困难。这些东西只会呱呱地叫，不停地用它的扁嘴呷喋呷喋地吃。

可是，鸭子肥了，倪二喜欢。

前两天倪二说，要把鸭子赶去卖了。他算了算，刨去行佣、卡钱，连底三倍利。就要赶，问父亲那一百只鸭怎么说，是不是一起卖。今天早上，父亲想留三十只送人，叫一个长工到荡里去告诉倪二。

"鸭都丢了！"

倪二说要去卖鸭，父亲问他要不要请一个赶过鸭的行家帮一帮，怕他一个人应付不了。运鸭，不像运鸡。鸡是装了笼的。运鸭，还是一只小船，船上装着一大卷鸭圈，干粮，简单的行李，人在船，鸭在水，一路迤迤逦逦地走。鸭子路上要吃活食，小鱼小虾，运到了，才不落膘掉斤两，精神好看。指挥鸭阵，划撑小船，全凭一根篙子。一程十天半月。经过长江大浪，也只是一根竹篙。晚上，找一个沙洲歇一歇，这赶鸭是个险事，不是外行冒充得来的。

"不要！"

他怕父亲再建议他请人帮忙，留下三十只鸭，偷偷地一早把鸭赶过荡，准备过白莲湖，沿漕河，过江。

长工一到荡口，问人：

"倪二呢？"

"倪二在白莲湖里。你赶快去看看。叫三爷也去看看。一趟鸭子全散了！"

"散了"，就是鸭子不服从指挥，各自为政，四散逃窜，钻进芦丛里去了，而且再也不出来。这种事过去也发生过。

白莲湖是一口不大的湖，离窑庄不远。出菱，出藕，藕肥白少渣。二五八集期，父亲也带我去过。湖边港汊甚多，密密地长着芦苇。新芦苇很高了，黑森森的。莲蓬已经采过了，荷叶的颜色也发黑了。人过时常有翠鸟冲出，翠绿的一闪，快如疾箭。

小船浮在岸边，竹篙横在船上。倪二呢？坐在一家晒谷场的石碌轴上，手里的瓦块毡帽攥成了一团，额头上破了一块皮。几个人围着他。他好像老了十年。他疲倦了。一清早到现在，现在已经是下午了，他跟鸭子奋斗了半日。他一定还没有吃过饭。他的饭在一个布口袋里，——一袋老锅巴。他木然地坐着，一动不动。不时把脑袋抖一抖，倒像受了震动。——他的脖子里有好多道深沟，一方格，一方格的。颜色真红，好像烧焦了似的。老那么坐着，脚恐怕要麻了。他的脚显出一股傻相。

父亲叫他：

"倪二。"

他像个孩子似地哭起来。

怎么办呢？

围着的人说：

"去找陆长庚，他有法子。"

"哎，除非陆长庚。"

"只有老陆，陆鸭。"

陆长庚在哪里？

"多半在桥头茶馆。"

桥头有个茶馆，是为鲜货行客人、蛋行客人、陆陈行客人谈生意而设的。区里、县里来了什么大人物，也请在这里歇脚。卖清茶，也代卖纸烟、针线、香烛纸杩、鸡蛋糕、芝麻饼、七厘散、紫金锭、菜种、草鞋、写契的契纸、小绿颖毛笔、金不换黑墨、何通记纸牌……总而言之，日用所需，应有尽有。这茶馆照例又是闲散无事人聚赌耍钱的地方。茶馆里备有一副麻将牌（这副麻将牌丢了一张红中，是后配的），一副牌九。推牌九时下旁注的比坐下拿牌的多，站在后面呼么喝六，呐喊助威。船从桥头过，远远地就看到一堆兴奋忘形的人头人手。船过去，还听得吼叫："七七八八——不要九！"——"天地遇虎头，越大越封侯！"常在后面斜着头看人赌钱的，有人指给我们看过，就是陆长庚，这一带放鸭的第一把手，诨号陆鸭，说他跟鸭子能通话，他自己就是一只成了精的老鸭。——瘦瘦小小，神情总是在发愁。他已经多年不养鸭了，现在见到鸭就怕。

"不要你多，十五块洋钱。"

赌钱的人听到这个数目都捏着牌回过头来：十五块！十五块在从前很是一个数目了。他们看看倪二，又看看陆长庚。这时牌九桌上最大的赌注是一吊钱三三四，天之九吃三道。

说了半天，讲定了，十块钱。他不慌不忙，看一家地杠通吃，红了一庄，方去。

"把鸭圈拿好。倪二，赶鸭子进圈，你会的？我把鸭子吆上来，你就赶。鸭子在水里好弄，上了岸，七零八落的不好捉。"

这十块钱赚得太不费力了！拈起那根篙子（还是那根篙，他拈在手里就是样儿），把船撑到湖心，人仆在船上，把篙子平着，在水上扑打了一气，嘴里啧啧啧咕咕咕不知道叫点什么，赫！——都来了！鸭子四面八方，从芦苇缝里，好像来争抢什么东西似的，拼命地拍着翅膀，挺着脖子，一起奔向他那只小船的四周来。本来平静辽阔的湖面，骤然热闹起来，一湖都是鸭子。不知道为什么，高兴极了，喜欢极了，放开喉咙大叫，"呱呱呱呱呱……"不停地把头没进水里，爪子伸出水面乱划，翻来翻去，像一个一个小疯子。岸上人看到这情形都忍不住大笑起来。倪二也抹着鼻涕笑了。看看差不多到齐了，篙子一抬，嘴里曼声唱着，鸭子马上又安静了，文文雅雅，摆摆摇摇，向岸边游来，舒闲整齐有致。兵法：用兵第一贵"和"。这个"和"字用来形容这些鸭子，真是再恰当不过了。他唱的不知是什么，仿佛鸭子都爱听，听得很入神，真怪！

这个人真是有点魔法。

"一共多少只？"

"三百多。"

"三百多少？"

"三百四十二。"

他拣一个高处，四面一望。

"你数数。大概不差了。——嗨!你这里头怎么来了一只老鸭?"

"没有,都是当年的。"

"是哪家养的老鸭教你裹来了!"

倪二分辩。分辩也没用。他一伸手捞住了。

"它屁股一撅,就知道。新鸭子拉稀屎,过了一年的,才硬。鸭肠子搭头的那儿有一个小箍道,老鸭子就长老了。你看看!裹了人家的老鸭还不知道,就知道多了一只!"

倪二只好笑。

"我不要你多,只要两只。送不送由你。"

怎么小气,也没法不送他。他已经到鸭圈子提了两只,一手一只,拎了一拎。

"多重?"

他问人。

"你说多重?"

人问他。

"六斤四,——这一只,多一两,六斤五。这一趟里顶肥的两只。"

"不相信。一两之差也分得出，就凭手拎一拎？"

"不相信？不相信拿秤来称。称得不对，两只鸭算你的；对了，今天晚上上你家喝酒。"

到茶馆里借了秤来，称出来，一点都不错。

"拎都不用拎，凭眼睛，说得出这一趟鸭一个一个多重。不过先得在叫一声。鸭身上有毛，毛蓬松着看不出来，得惊它一惊。一惊，鸭毛就紧了，贴在身上了，这就看得哪只肥，哪只瘦。晚上喝酒了，茶馆里会。不让你费事，鸭杀好。"

他刀也不用，一指头往鸭子三岔骨处一捣，两只鸭挣扎都不挣扎，就死了。

"杀的鸭子不好吃，鸭子要吃呛血的，肉才不老。"

什么事都轻描淡写，毫不装腔作势。说话自然也流露出得意，可是得意中又还有一种对于自己的嘲讽。这是一点本事。可是人最好没有这点本事。他正因为有这些本事，才种种不如别人。他放过多年鸭，到头来连本钱都蚀光了。鸭瘟。鸭子瘟起来不得了。只要看见一只鸭子摇头，就完了。这不像鸡。鸡瘟还有救，灌一点胡椒、香油，能保住几只。鸭，一个摇头，个个摇头，不大一会，都不动了。好几次，一趟鸭子放到荡里，回来时就剩自己一个人了。看着死，毫无办法。他发誓，从此不再养鸭。

"倪老二，你不要肉疼，十块钱不白要你的，我给你送到。今天晚了，你把鸭圈起来过一夜。明天一早我来。三爷，十块钱赶一趟鸭，不算顶贵噢？"

他知道这十块钱将由谁来出。

当然，第二天大早来时他仍是一个陆长庚：一夜"七戳五在手"，输得光光的。

"没有！还剩一块！"

这两个老人怎么会到这个地方来呢？他们的光景过得怎么样了呢？

一九四七年初，写于上海
一九八一年修改

艺术家

抽烟的多,少,悠缓,猛烈,可以作为我的灵魂状态的纪录。在一个艺术品之前,我常是大口大口的抽,深深的吸进去,浓烟弥满全肺,然后吹灭烛火似的撮着嘴唇吹出来。夹着烟的手指这时也满带表情。抽烟的样子最足以显示体内浅微的变化,最是自己容易发觉的。

只有一次,我有一次近于"完全"的经验。在一个展览会中,我一下子没到很高的情绪里。我眼睛睁大,眯住;胸部开张,腹下收小,我的确感到我的踝骨细起来;我走近,退后一点,猿行虎步,意气扬扬;我想把衣服全脱了,平贴着卧在地下。沉酣了,直是"尔时觉一座无人"。我对艺术的要求是能给我一种高度的欢乐,一种仙意,一种狂:

我想一下子砸碎在它面前，化为一阵青烟，想死，想"没有"了。这种感情只有恋爱可与之比拟。平常或多或少我也享受到一点，为有这点享受，我才愿意活下去，在那种时候我可以得到生命的实证；但"绝对的"经验只有那么一次。我常常为"不够"所苦，像爱喝酒的人喝得不痛快，不过瘾，或是酒里有水，或是才馋起来酒就完了。或是我不够；或是作品本身不够。真正笔笔都到了，作者处处惬意，真配（作者自愿）称为"杰作"的究竟不多；（一个艺术家不能张张都是杰作，真苦！）欣赏的人又不易适逢其会的升华到精纯的地步，所以狂欢难得完全。我最易在艺术品之前敏锐的感到灵魂中的杂质，沙泥，垃圾，感到不满足，我确确实实感觉到体内的石灰质。这个时候我想尖起嗓子来长叫一声，想发泄，想破坏；最后是一团涣散，一阵空虚掩袭上来，归于平常，归于俗。

我想学音乐的人最有福，但我于此一无所知；我有时不甘隔靴搔痒，不甘用累赘笨重的文字来表达，我喜欢画。用颜色线条究竟比较直接得多，自由得多。我对于画没有天份；没有天份，我还是喜欢拿起笔来乱涂，虽不能至，心向往之。而结果都是愤然掷笔，想痛哭。要不就是"寄沉痛于悠闲"，我会很滑稽的唱两句流行歌曲，说一句下流粗话。摹仿舞台上的声调向自己说"可怜的，亲爱的××，你可以睡了。"我画画大都在深夜，（如果我有个白天可以练习的环境，也许我可以做一个"美术放大"的画师吧！）种种怪腔，无人窥见，尽管放心。

从我的作画与看画（其实是一回事）的经验，我明白"忍耐"是个什么东西；抽着烟，我想起米盖朗基罗，——这个巨人，这个王八蛋！我也想起白马庙，想起白马庙那个哑巴画家。

白马庙是昆明城郊一小村镇，我在那里住了一些时候。

搬到白马庙半个多月我才走过那座桥。

在从前，对于我，白马庙即是这个桥，桥是镇的代表。——我们上西山回来，必经白马庙。爬了山，走了不少路；更因为这一回去，不爬山，不走路了，人感到累。回来了，又回到一成不变的生活，又将坐在那个办公桌前，又将吃那位"毫无想象"的大师傅烧出来的饭菜，又将与许多熟脸见面，招呼，（有几张脸现在即在你身边，在同一条船上！）一想到这个，真累。没有法子，还是乖乖的，帖然就范，不作陡然的反抗。但是，有点惘然了。这点惘然实在就是一点反抗，一点残余的野。于是抱头靠在船桅上，不说话，眼睛空落落看着前面。看样子，倒真好像十分怀念那张极有个性而颇体贴的跛脚椅子，想于一杯茶，一支烟，一点"在家"之感中求得安慰似的。于是你急于想"到"，而专心一意于白马庙。到白马庙就快了，到白马庙看得见城内的万家灯火。——但是看到白马庙者，你看到的是那座桥。除桥而外，一无所见，房屋，田畴，侧着的那棵树，全附属于桥，是桥的一部分。（自然，没有桥，这许多景物仍可集中于另一点上，而指出这是白马庙。然而有桥呀，用不着假设。）我搬来之时即冉冉升起一个欲望：从桥上走一走。既然这个桥曾经涂抹过我那么多感情，我一

艺术家　033

直从桥下过,(在桥洞里有一种特别感觉,一种安全感,有如在母亲怀里,在胎里,)我极想以新证旧,从桥上走一走。这么一点小事,也竟然搁了半个多月!我们的日子的浪费呀。

这一天我终于没有什么"事情"了,我过了桥,我到一个小茶馆里去坐坐。我早知道那边有个小茶馆。我没有一直到茶馆里去,我在堤边走了半天,看了半天。我看麦叶飘动,看油菜花一片,看黄昏,看一只黑黑的水牯牛自己缓步回家,看它偏了头,好把它的美丽的长角顺进那口窄窄的门,我这才去"访"这家茶馆。

第一次去,我要各处看看。

进一个有门框而无门的门是一个一头不过的短巷。巷子一头是一个半人高的小花坛。花坛上一盆茶花,(和其他几色花木,杜鹃,黄杨,迎春,罗汉松。)我的心立刻落在茶花上了。我脚下走,我这不是为喝茶而走,是走去看茶花。我一路看到茶花面前。我爱了花。这是我见过的最好的茶花,(云南多茶花,)仿佛从我心里搬出来放在那儿的。

花并不出奇，地位好。暮色沉沉，朦胧之中，红焰焰的，分量刚对。我想用舌尖舔舔花，而我的眼睛像蝴蝶从花上起来时又向前伸了出去，定在那里了，花坛后面粉壁上有画，画教我不得不看。

画以墨线勾勒而成，再敷了色的。装饰性很重，可以说是图案，（一切画原都是图案，）而取材自写实中出。画若需题目，题目是"茶花"。填的颜色是黑，翠绿，赭石和大红。作风倩巧而不卖弄；含浑，含浑中觉出一种安分，然而不凝滞。线条严紧匀直，无一处虚弱苟且，笔笔诚实，不笔在意先，无中生有，不虚妄。各部分平均，对称，显见一种深厚的农民趣味。

谁在这里画了这么一壁画？我心里沉吟，沉吟中已转入花坛对面一小侧门，进了屋了。我靠窗坐下，窗外是河。我招呼给我泡茶。

——这是……这是一个细木作匠手笔；这个人曾在苏州或北平从名师学艺，熟习许多雕刻花式，熟能生巧，遂能自己出样；因为战争：辗转到了此地，或是回乡，回到自己老家，住的日子久了，无适当事情可作，才能跃动，偶而兴作，来借这堵粉壁小试牛刀来了？……

这个假设看来亦近情理，然而我笑了。我笑那个为我修板壁的木匠。

我一搬来，一看，房子还好，只是需做一个板壁隔一隔。我请人给我找个木匠来。找了三天，才来，说还是硬挪腾出时候来的。他鞋口里还嵌着锯屑，果然是很忙的样子。这位木匠师傅样子极像他自己脚上那双方方的厚底硬帮子青布鞋子。他钉钉刨刨，刨刨钉钉，整整弄了三天，一丈来长的壁子还是一块一块的稀着缝，他自己也觉得板壁好像不应当是这样的，看看板壁看看我，笑了：

"像入伍新兵，不会看齐！"

我只有随着他说："更像是壮丁队，才从乡下抓来，没有穿制服，颜色黑一块白一块。"而且，最后一块还是我自己钉上去的。他闺女来报信，说家里猪病了，看样子不大好，他撇下锄头就跑，我没有办法，只有追出去，请他把含在嘴里的洋钉吐出来给我，自己动手。这一去，不回来了，过了两天才来取回他的像佩。不知是猪好了，还是连猪带病吃在他的肚子里了。这个人长于聊天，说话极有风趣，作活实在不大在行。——哦，我还欠他一顿酒呢，他老是东拉西扯的没个完，谈到得意处，把斧头錾子全撂在一边，尽顾伸手问我"美国烟可还有？"我说"烟有，可是你一边做事一边抽烟。先把板壁钉好，否则我要头痛伤风，有趣的话太多，二天我打二斤升掺市，切一盘猪耳朵，咱们痛痛快快谈谈。"这个约不必真，却也不假，他想当记在心里。可别看这位大师傅呀！他说乡下生活本来只是修水车，钉船桨，板壁不大有人家有，所以弄得不顶理想；但是除了他，更没有人干得了；白马庙一带从来就是他家三代单传，泥木两作，所以他那么忙。

这个画当然不可能是他画的。

乡下房子暗，天又晚了，黑沉沉的。眼睛拣亮处看，外头还有光，所以我坐近窗口。来喝茶的目的还就是想凭窗而看，河里船行，岸上人走，一切在逐渐深浓起来的烟雾中活动，脉脉含情，极其新鲜；又似曾相识，十分亲切。水草气味，淤泥气味，烧饭的豆秸烟微带忧郁的焦香，窗下几束新竹，给人一种雨意，人"远"了起来。我这样望了很久，直到在场上捉迷藏的孩子都回了家，田里的苜蓿消失了紫色，野火在远远的山头晶明的游动起来，我才回过身来。

我想起口袋里的一本小书，一个朋友今天刚送我的。我想这本书想到多时，终于他给我找到一本了。我抽出书来，用手摸摸封面。这时我本没有看书的意思，只是想摸摸它罢了，而坐在炉旁的老板看见了，他叫他的小老二拿灯。为了我拿灯，多不好意思；我想说，不要，不必，我倒愿意这么黑黑的坐着，这一说，更麻烦，老板必以为我是客气；好了，拿就拿吧。

灯来了，好亮，是电石灯。有人喝住小老二：

"挂在那边得了，有臭气，先生闻不惯。"

我这才看见，这可不是我们三代单传，泥木两作的大师傅吗！久违了。刚才我似乎觉得角落上有人伏在桌上瞌睡，黑影中看不清，他是什么时候梦回莺唪的醒来了？好极了，这个时候有人聊聊再好没有。他过来，我过去；我掏烟，他摸火柴，但是他火柴划着了时我不俯首去点烟，小老二灯挂在柱子上，灯光照出，墙上也有画！我搁下他，尽顾看画了。走到墙前，我自己点了烟。

一望而知与花坛后面的是同一手笔，画的仍是茶花，仍是墨线勾成，敷以朱黑赭绿，墙有三丈多长，高二丈许，满墙都是画，设计气魄大，笔画也很整饬。笔画经过一番苦心，一番挣扎，多少割舍，一个决定；高度的自觉之下透出丰满的精力，纯澈的情欲；克己节制中成就了高贵的浪漫情趣，各部分安排得对极了，妥贴极了。干净，相当简单，但不缺少深度。真不容易，不说别的，四尺长的一条线从头到底在一个力量上，不踟躇，不衰竭！如果刚才花坛后面的还有稿样的意思，深浅出入多少有可以商量地方，这一幅则作者已做到至矣尽矣地步。他一边洗手，一边依次的看一看，又看一看自己作品，大概还几度把湿的手在衣服上随便哪里擦一擦，拉起笔又过去描那么两下的；但那都只是细节，极不重要，是作者舍不得离开自己作品的表示而已，他此时"提刀却立，踌躇满志，"得意达于极点，真正是"虽南面王不与易也。"这点得意与这点不舍，是他下次作画的本钱。不信试再粉白一堵墙壁，他准立刻又会欣然命笔。他余勇可贾，灵感尚新。但是一洗完手，他这才感到可真有点累了。他身体各部分松下来，由一个艺术家变为一个常人，好适应普通生活，好休息。好老板，给他泡的茶在哪里？他最好吃一点甜甜的，厚厚的，一咬满口的，软软的点心，像吉庆祥的重油蛋糕即很好。

Ladies and gentlemen，来！大家一齐来，为我们的艺术家欢呼，为艺术的产生欢呼！

我站着看，看了半天，我已经抽了三枝烟，而到第四根烟掏出来，叼上，点着时，我知道我身后站着的茶馆老板，木匠师傅，甚至小老二，会告诉我许多事，我把茶杯端到当中一张桌子上，请他们说。

（啊，怎么半天不见一个人来喝茶？）

茶馆老板一望而知是个阅历极深的人。他眼睛很黑，额上皱纹深，平，一丝不乱，唇上一抹整整齐齐的浓八字胡子，他声音深沉，而清亮，说得很慢，很有条理，有时为从记忆中汲取真切的印象，左眼皮常常搭一点下来，手频频抚摸下巴，——手上一个羊脂玉扳指。我两手搁在茶碗盖上，头落在手上，听他娓娓而说。

这是村子里一个哑巴画的。这个人出身农家，却不知为什么的，自小就爱画，别的孩子捉田鸡烧蚱蜢吃，他画画；别的孩子上树掏鸟蛋，下河摸螺蛳，他画画；人抽陀螺，放风筝，他画画；黄昏时候大家捉迷藏，他画画；别人干别的，他画画，有人教过他么？——没有。他简直没有见过一个人画之前自己就已经开始能把看到的东西留个样子下来了，他见什么，画什么；有什么，在什么上画。平常倒也一样，小时能吃饭，大了学种田，一画画，他就痴了。乡下人见得少，却并不大惊小怪，他爱画，随他画去吧。他是个哑子，不能唱花灯，打连厢，画正好让他松松，乐乐。大家见他画得不比城里摆摊子画花样的老太太画的差,就有人拿鞋面,拿枕头帐簷之类东西让他画。一到有人家娶媳妇嫁女儿,他都要忙好几天。那个时候村子里姑娘人人心中搁着这个哑巴。

"我出过门,南北东西也走过数省,我真真假假见过一点画,一懂不懂,我喜欢看。我看哑巴画的跟画花样的老婆子的不一样,倒跟那些古画有些地方相同。我说不出来,……"

老板逐字逐句的说,越慢,越沉。我连连点头,我试体会老板要说而迟疑着的意思:

"比如说,他画得'活',画里有一种东西,一种说不出来的东西,看久了,人会想,想哭?"

老板点头,点头很郑重其事。我看到老板眼中有一点湿意。

"从前他没事常来我这里坐坐,我早就有意想请他给我画点东西。他让我买了几样颜色,说画就画。外头那个画得快。里头这张画了好些时候。他老是对着墙端详,端详,比来比去的比,这么比那么比。……"

老板大拇指摸他的扳指，摸来，摸去，眼睛看在扳指上，眉头锁了一点起来。水开了，漫出壶外，嗤嗤的响。老板起来，为我提水来冲，并通了通炉子。我对着墙，细起眼睛看，似乎墙已没有了，消失了：剩下画，画凸出来，凌空而在。水冲好了，我喝了一口茶，好酽，我问：

"现在？——"

老板知道我问什么，水壶往桌上一顿：

"唉，死了还不到半年。"

我不知如何接下去说了。而木匠忽然呵呵大笑起来，笑得上气不接下气，我愕然。他说出来，他笑的是哑巴喜欢看戏，看起怪有味。他以为听又听不见，红脸杀黑脸，看个什么！

灯光太亮，我还是挪近窗口坐坐，窗外已经全黑了，星星在天上。水草气更浓郁，竹声箫箫。水流，静静的流，流过桥桩，旋出一个一个小涡，转一转，顺流而下。我该回去了，我看见我所住的小楼上已有灯光，有人在等我。

散步回来之后，我一直坐在这里，坐在这张临窗的藤椅里。早晨在一瓣一瓣的开放。露水在远处的草上漾漾的白，近处的晶莹透澈，空气鲜嫩，发香，好时间，无一点宿气，未遭败坏的时间，不显陈旧的时间。我一直坐在这里，坐在小楼的窗前。树林，小河，蔷薇色的云朵，路上行人轻捷的脚步……一切很美，很美。

一清早，天才亮，我在庙前河边散步，一个汉子挑了两桶泔水跟我擦身而过，七成新的泔水桶周围画了一带极其细密缠绵的串枝莲，笔笔如同乌金嵌出的。

我走了很久，很久。我随便拿起一本书，翻，翻，摊在我面前的是龚定庵的《记王隐君》：

"于外王父箧中见书一诗，不能忘。于西湖僧经见书《心经》，蠹且半，如遇箧中诗，益不能忘。"

一九四八年

落　魄

　　他为什么要到"内地"来？不大可解，也没有人问过他。自然，你现在要是问我为什么大远的跑到昆明过那么几年，我也答不上来。从前很说过一番大道理，经过一个时间，知道半是虚妄，不过就是那么股子冲动，年纪轻，总希望向远处跑；而且也是事实，我要读书，学校都往里搬了；大势所趋顺着潮流一带，就把我带过了千山万水。总是偶然，我不强说我的行为是我的思想决定的。实在我那时也说不上有什么思想。——我并没有说现在就有。这个人呢？似乎他的身边不会有什么偶然，那个潮流不大可能波及到他。我很知道，我们那一带，就是像我这样的年纪也多还是安土重迁的。在家千日好，出外一时难，小时候我们听老人戒说行旅的艰险决不少于"万恶的社会"的时候。他近四十边上的人了,又是"做店"的。做店人跑上五七个县份照例就是了不起的老江湖,关于各地茶馆、浴室、窑姐儿、镇水铜牛、大火烧了的庙,就够他们向人聊一辈子;这种人见过世面,已经有资格称为百事通,为人出意见,拿主意,凡事皆有他一份,社会地位极高,再也不必跑到左不过是那样的生疏地方去。他还当真走上好几千里干什么?好马不吃窝边草,憋了什么气,要到个亲旧耳目不及的地方来创一番事业,等将来衣锦荣归,好向家里妻子说一声"我总算对得起你们"么?看他不像是那种咬牙发狠的人,他走路说话全表示他是个慢性子,是女人们称之为"三棍子打不出个闷屁来"的角色。再说,又何必用这么远,千里之内尽可以做个跨海征东薛仁贵,楚国为官的秋胡了。也许是他受了危言耸听的宣传,觉得日本人一来,可怕到不可想象的程度,或者是他遭了什么大不幸或难为情事情,本土存身不得,恰好有个亲戚到内地来做事,需要个能写字算账的身边人,机缘凑巧,无路可走之中他勃然打定了主意来"玩玩"了?也只是"也许"。——反正,他就是来了,而且做了完全另外一种人。

到我们认识他时,他开了个小吃食铺子,在我们学校附近。

初时,大家还带得三个月至半年的用度,而且不时还可接到汇款,生活标准比在家时低不太多,稍有借口,或谁过生日,或失物复得,或接到一封字迹娟秀的信,或没有理由,大家"通过"一下,即可有人作东请客。在某个限度内还可挑一挑地方。有人说,开了个扬州馆子,那就怎么样也得巧立名目地去吃他一顿。

学校附近还像从前学校附近一样,开了许多小馆子。开馆子的多是外乡人。湖南的、江西的、山东的、河北的,一种同在天涯之感把老板伙计跟学生接连起来,而且他们本来直接间接的就与学校有相当关系,学生吃饭,老板伙计就坐在旁边谈天说地;而学生也喜欢到锅灶旁边站着,一边听新闻故事,一边欣赏炒菜艺术。——这位扬州人老板,一看即与别人不同，他穿了一身铁机纺绸褂裤在那儿炒菜！盘花纽子，纽绊里拖出一段银表链。雪白的细麻纱袜，一双浅口千层底直贡呢鞋。细细软软的头发向后梳得一丝不乱。左手无名指上还套了个韭叶指环。这一切在他周身那股子斯文劲儿上配合得恰到好处。除了他那点流利合拍的翻锅子动铲子的手法，他无处像个大师傅，像个吃这一行饭的。这比他的鸡丝雪里蕻，炒假螃蟹，过油肉更令我们发生兴趣。这个馆子不大，除了他自己，只用了个本地孩子招呼客座，摆筷子倒茶。可是收拾得干干净净，木架子上还搁了两盆花。就是足球队员，跳高选手来，看了墙上菜单上那一笔成亲王体的字，也不便太嚣张放肆了。

有时，过了热市，吃饭的只有几个人，菜都上了桌，他洗洗手，会捧了把细瓷茶壶出来，客气两句，"菜炒得不好，这里的酱油不行""黄芽菜教孩子切坏了，谁教他切的！——红烧才能横切，炒，要切直丝的"有时也谈谈时事，说点故乡消息，问问这里的名胜特产，声音低缓而有感情。我们已经喜欢去坐茶馆了，有时在茶馆也可以碰到他，独自看一张报纸或支颐眺望街上行人。他还给我们付了几回茶钱，请我们抽烟。他抽烟也是那么慢慢的，一口一口地吸，仿佛有无穷滋味。有时事完了，不喝茶，他去蹓跶，两手反背在后面，一种说不出悠徐闲散。出门稍远，则穿了灰色熟罗长衫，还带了把湘妃竹折扇。想见从前他一定喜欢养养鸟，听听书，常上富春坐坐的。他自己说原在辕门桥一个大绸缎庄做事，看样子极像。然而怎么到这儿来开一个小饭馆的呢？这当中必有一段故事，他不往下说，我们也不好究问。

馆子菜什么菜都是一个滋味，家家一样，只有他那儿虽然品色不多，却莫不精致有特色。或偶尔兴发，还可以跟他商量商量，请他表演几个道地扬州菜，狮子头、芙蓉鲫鱼、叉子烧鸭，他必不惜工本，做得跟家里请客一样，有几个菜据说在扬州本地都很少有人做得好。这位绸缎店"同事"大概平日在家极讲究吃食，学会了烹调，想不到自己竟改行作了饭师傅。这不免是降低了一级，我们去吃饭，总似乎有点歉意。也许他看得比较高一层，所以态度上从未使我们不安。他自己好像已不顶在乎了。生意好，有钱挣，也还高高兴兴的。果然半年下来，店门关了几天，贴出了条子：修理炉灶，休业数天。

新万年红朱笺招纸贴出来，一早上就川流不息的坐满了人。老板听从有人的建议，请了个南京师傅来做包子煮面，带卖早晚市了。我一去，学着扬州话，跟他道一声：

"恭喜恭喜。"

恭喜他扩充营业，同时我已经看到后面小天井里一个女人坐着拣菜，发髻上一朵双喜绒花。老板拱拱手，"托福托福，闹着玩的。"

女人不知是谁给说的媒，好像是这条街上一个烟鬼的女儿，时常也看她蓬着头出来买香油腌菜蚊烟香，脸色黄巴巴的，样子平平常常。可是因为年纪还不顶大，拢光了头发，搽了雪花膏，还敷了点胭脂，就像是完全换了一个人，以前没的好处全露了出来。老板看样子很喜欢，不时回头，走过去低低说几句话，让她偏了头，为抬去一片草屑尘丝，他那个手势就比一首情诗还值得一看。老板自己自然也年轻了不少，或者不如说一般人都不免，而实际上一个才四十的人不应便有的老态全借了一个年轻的身体而冲失了。要到这样的年龄大概才真知道如何爱惜女人。

灶下，那个南京师傅集中精神在做包子。他仿佛想把他的热心变成包子的滋味，摘蒂子，刮馅心，那么捏几下，一收嘴子，全按板中节，如一个熟练的舞蹈家或魔术师的手脚。今天是第一天。他忙，没什么工夫想什么，就这个"第一天"一定在他脑子里闪了好多次。这三个字包含的感情很多，他自己一时也分辨不清，大体上都结成了一团希望，就像那个蒸笼冒出来的一阵一阵子的热汽。听他拍打着包子皮，声音钝钝的，手掌一定很厚！他脑袋剃得光光的，后脑杓子挤成了三四叠，一用力，直扭动。他一身老蓝布衣裤，腰里一条洋面口袋改成的围裙。从上到下，无一处不像一个当行面食店师傅，跟扬州人老板相互映照，很有趣味。

然而不知什么道理,那一顿早点没有留给我什么印象。等的时候太长,而吃的时候太短。我自己也不好,不爱吃猪肝,为什么叫了碗猪肝面加菠菜西红柿!面是"机器面",没有办法,生意太好,擀面来不及。——是谁给他题了那么几个艺术字?三个月之后这几个字一定浸透了油气的,活该!

不久滇越铁路断了,各处"转进"的战事使好多人的故乡随"我的家在东北松花江上"的伤感老歌一齐失去。Cynical 的习气普遍地增高,而洗衣的钱付得少了,因为旧了破了,破旧了的衣服就去卖了。渺乎其远的希望造成许多浪子。有些人对书本有兴趣,抱残守拙,显得极其孤高。希望既远,他们可看到比希望还远的地方。因为形状褴褛,倒更刺激他们精神的高贵,以作为一种补偿。这是一种斗争,沉默而坚持,在日常的委屈悲愤的世俗感情的摆落中要引接山头地底水泉来灌溉一颗心的滋长,是困苦的。有些失了节,向现实投了降,做起生意起来了,由微渐著,虽无大手笔,但以玩票姿态转而下海,不失为一个"名家"局面。后一种人数自极少。正因为少，故在校中行动常一望而可指出。这才是一个开始，唯足以启发往后的不正常。本来战争的另一名词即不正常。这点不正常就直接影响绿杨饭店的营业。——现在，绿杨饭店已经为人耳熟，代替原来的"扬州人"。在它开张了，又扩充了时候，绿杨饭店是一个名词。一个名词仿佛可有可无的。而现在绿杨饭店成了一个实体，店的一切与它的招牌分不开了。

第一，扬州人已经不能代表一个店了；而且这个饭店已经非常地像一个饭店，有时简直还过了份！

那个南京人，第一天，我从他的后脑杓子上即看出这是属于那种会堆砌"成功"的人。他实事求是，稳扎稳打，抓紧机会，他知道钱是好的，活下来多不容易，举手投足都要代价。为了那个代价，所以他肯努力。他一早晨冲寒冒露赶到小南门去买肉，因为每斤便宜多少钱；为了搬运两袋面粉，他可以跟挑夫说许多好话或骂许多难听话；他一边下面，一边瞟着门前过去的几驮子柴；他拣去一片发黄的菜叶子，拾起来又放到砧板上；他到别家铺子门前逛两转，看他们的包子蒸出来是什么样儿，回来马上决定明天他自己的包子还可以掺点豆芽菜，而且放点豆腐干也是个可试的办法。……他的床是睡觉的，他的碗是吃饭的，他不幻想，不喜欢花，不上茶馆喝茶，而且老打狗，因为虽然他的肉在梁上他还是担心狗吃了。没有多少时候绿杨饭店即充满了他的"作风"。——我得声明虽然我感情上也许是另一回事，可是我没有公开的表示反对这样的作风的意思。而且四方东西南北中（我们那儿都是这么说，自然也对，"中"不是一个方向），南京人只是偏于那一方，不是像俾斯麦或希特勒那样绝对的人。这里只说他的一般上的特殊，向反的较强的一面，不单是作风，也因为从作风的改变上，你知道这个店的主权也变了。过了一个时候，不问可知，已经是合股开的。南京人攒了钱，红利工钱，再加上一点积蓄，也许还拉了点债，入了股。我可以跟你打赌，他在才有人来提生意时即已想到这一步。

南京人明白他们这个店应当为什么人而开，声气相求，果然同学之中那个少数很快即为吸取进来，作为经常主顾。他们人数不多，但塞满这个小饭店却有余。而且他们周围照例有许多近乎谢希大应伯爵之人者流，有时还会等不着座儿。这时他们也并未"发迹"，不过手底下比较活动，他们的"社会"中，"同学"仍占一个重要位置，这里便成为他们"联络感情"所在，常在来吃一碗猪肝面的教授面前摆了一桌子菜哄饮大嚼起来，有的，在这里包了月饭，虽然吃一顿不吃一顿。——另一种同学，因为尚有衣物可卖，卖得钱，大都一天花光，豪爽脾气未改（这也是一种抗卫），也常三五个七八个一摊上街去吃喝一顿。有时他们在这里，有时到别处去。有时他们到别处去；有时还在这里。有些本来常在这里的不常在这里了。

绿杨饭店的生意好了一阵，好得足以使这一带所有的吃食铺子全都受了影响，而且也一齐对它非常关心。别以为他们都希望"绿杨"的生意坏，他们知道"绿杨"的生意要是坏，他们自己的也好不了。他们的命运既相妨，又相共。然而过了一个高潮，绿杨饭店眼看着豆芽菜豆腐干越掺得多，卖出去的包子就越少。"学校附近的包子"在壁报文章中成了一个新奇比喻，到后来而且这个比喻也毫不新奇了。绿杨饭店在将要为人忘记的那条路上走。——时间也下来两年了，好快！这时有钱活动的就活动得更远。有的还在这个城里，有的到了外县，甚至出了国，到仰光，到加尔各达，有的还选了几门课，有的干脆休了学，离开书本，离开学校，离开同学，也离开了绿杨饭店。大部分穷的，可卖衣物更少了，已经有人经验到饥饿时的心理活动。这也是一种活动，且正如那种活动到仰光加尔各达的人一样，留下许多痕迹在脸上，造成他们的哲学。绿杨饭店犹如一面镜子，扬州人南京人也如一面镜子。镜子里是风干的猪肝，暗淡的菠菜，不熟的或烂的西红柿，太阳如一匹布，阳光中游尘扬舞。江西人的山东人的湖南河北人的新闻故事与好兴致全在猪肝菠菜西红柿前失了颜色。悄悄的，他们把这段日子撕下来，风流云散，不知所终。

那个女人的脸又黄下来，头发又乱了，而且像是没有光亮过，没有红过白过。有一次街上开来了一队兵，马上就找到他们要徊徊逗留的地方，向绿杨饭店他们可没有多瞟几眼。多可惜，扬州人那个值得一看的动人手势！——这时候我才想起过他家里有太太没有？有孩子没有？

绿杨饭店还是开着。

这当中我因病休了学，病好了住在乡下一个朋友主持的学校里，帮他们教几个钟点课，就很少进城来。绿杨饭店的情形可以说不知道。一年之中只去了一次。一位小姐病了，我们去看她。有人从黑土洼带了一大把玉簪花来，看着把花插好了，她笑了笑，说是"如果再有一盘椒盐白煮鱼，我这个病就生得很像样子了。"从前的生病也是从前的谈天题目之一。她说过她从前生了病都吃白煮鱼，于是去跟扬州人老板商量，看能不能给我们像从前一样地配几个菜。他的回答很慢，但当那个交涉代表说"要是费事，不方便，那就算了"，却立刻决定了，问"什么时候？"南京人呢，不表示态度。出来，我半天没有话。朋友问是怎么回事,没有什么,我在想那个饭店。

那天真是怪,南京人一声不响,不动手,摸摸这,掇掇那。女人在灶下烧火。扬州人的头发白了几根。他似乎不复那么潇洒似乎颇像做这样的事情的一个人了。不仅是他的纺绸衣裤,好鞋袜,戒指,表链没有了;从他放作料,施油盐,用铲子抄起将好的菜来尝尝味,菜好了敲敲锅子,用抹布(好脏)擦擦盘子,刷锅水往泔水缸里一倒,扶着锅台的架势,偶尔回头向我们看一看的眼睛,用火钳夹起一片木柴吸烟(扯歪了脸),小指搔搔发痒的眉毛,鼻子吸一吸吐出一口痰,……一切,全都变了。菜做完了,往我们桌边拉出一张凳子(接过腿的)上一坐,第一句即是:

"什么都贵了,生意真不好做。"

这句话教南京人回过头来,向着我们这边。南京人是一点也没有走样!他那个扁扁的大鼻子教我想起我们前天应当跟他商量才对。我觉得出他们一定吵了一架。不一定是为我们的一顿饭而吵,希望不是因为我们而吵的。而且从扬州人脸上的皱纹阴影上看，开始吵架已经是颇久的事。照例大概是南京人嘀咕，扬州人不响。可能先是那个女人跟南京人为一点小事拌嘴，于是牵扯起一大堆，一直扯到这一次的不痛快跟前次的连接起来，追溯到很远，还有余不尽，种下下次相争的因子。事情很明显，南京人现在股本比扬州人只有多，决不少，而且扬州人两口子穿吃开销，他们之间没有什么会计制度，就是那么一篇糊涂账。他们为什么不拆伙呢？隔了年的浆子，粘不起来，那就算了。可是不，看样子他们且要糊下去。从扬州人的衰颓萎败上看起来，我疑心他是不是有时也抽口把鸦片烟。唔，要是当真，那可！——我曾问过坐在我对面的同学：

"你是不是有把握绝对不会抽鸦片，假如有人说抽，或者你死？"回答是：

"倒不是死。有许多东西比死更厉害。你要是信教，那就是魔鬼；或是不绝的'偶然'。"我看看南京人的粗粗短短的手指，（果然，好厚的手掌！）忽然很同情他，似乎他的后脑杓子没有堆得更高全是扬州人的责任。

到我复学时,一切全有点变动。或者不是变动,是层叠,深入,牢著,是不变。什么都有一种随遇而安的样子。图书馆指定参考书不够,可是要多少本才够呢?于是就够了。一间屋子住四十人太多,然而多少人住一屋或每人该有几间屋最合理?一个人每天需要多少时候的孤独?简直连问也没有人问。生物系的新生都得抄一个表,人正常消耗是多少卡罗里,而他们没有想到他自己也是一个实验对象;倒对一个教授研究出苗人常吃的刺梨和"云南橄榄"所含维他命工作极有兴趣。土产最烈的酒是五十三度,最坏的烟(烧完了灰都是黑的)叫鹦鹉牌。学校附近的荒货摊上你常看见一男一女在那里讲价,所卖是女的一件曾经极时髦的衣服,反正那件衣服漂亮到她现在绝对无法穿出来了。而路边种的那些树都已长得很高,在月光中布下黑影,如梦如水。整个一个学校,一年中难得有几个人哭,也绝不会有人自杀。……而绿杨饭店已经搬了家,在学校门边搭一个永远像明天就会拆去的草棚子卖包子,卖猪肝面。

(我已经对我的文章失去兴趣,平淡得教我直想故作惊人之笔而惊人不起来!这饭店,这扬州人与我有什么关系呢?)

一句话就说尽这个饭店了:毫无转机。没有人问它如何还能开下来,因为多少人怎么活下来就无从想象。当然,这时候完全是南京人在那儿撑持。但客观条件超出他所有经验。武松拿了打折了的半截哨棒,只好丢了,他也无计可施。然而他若是丢了这个坑人的绿杨饭店他只有死!他似乎有点自暴自弃起来,时常看他弄了一土碗市酒,闷闷地喝(他的络腮胡子乌猛猛的),忽然拳头一擂桌子,大骂起来,也不知道骂谁才是。若是扬州人跟他一样的壮,他也许会跳上去,冲他鼻子就是一拳。然而扬州人一股子窝囊样子,折垂了脖子,木然看着哄在一块骨头上的苍蝇。这样子更让南京人生气,一股子邪火从脚底心直升上来。扬州人身体简直越来越不行了,背佝偻得厉害。他的嘴角老挂着一点,嘴唇老开着一点。最多的动作是用左手掳着右臂衣袖，上下推移。又不是搔痒，不知道是干什么！他的头发早就不梳好了，有时居然梳了梳，那就更糟，用水湿了梳的，毫无光泽，令人难过。有人来了，他机械地站起来，机械地走，用个黑透了的抹布，骗人似的抹抹桌子，抹完了往肩头上一搭：

"吃什么？有包子，有面。有牛肉面，炸酱面，菠菜猪肝面。……"声音空洞而冷漠。客人的食欲就教他那个神气，那个声音压低了一半，你就看看那个荒凉污黑的架子，看到西红柿上的黑斑，你知道黑斑那一块煮也煮不烂的；看到一个大而无当的盘子里三两个鸡蛋，鸡蛋会散黄；你还会想起扬州人跟你解释过的，"鸡蛋散黄是蚊子叮的"，你想起孑孓在水里翻跟斗。吃什么呢，你简直没有主意。你就随便说一个，牛肉面吧。扬州人掳着他的袖子：

"噉，——牛肉面一碗——"

"牛肉早就没有了，要说多少次！"

"噉，——牛肉没有了——"

"那么随便吧。猪肝面吧。"

"嗷,——猪肝面一碗——"

而那个女人呢,分明已经属于南京人了。仿佛这也没有什么奇怪。连他们晚上还同时睡在那个棚子底下也都并不奇怪。这当中应当又有一段故事的,但你也顶好别去打听,压根儿你就无法懂得他们是怎么回事,除非你能是他们本人。

我已经知道,他们原来是表兄弟,而且南京人是扬州人的小舅子,这!……我不知道我应当学着去做一个小说家还是深幸自己不是。……

过了好多好多时候,"炮仗响了"。云南老百姓管胜利,战争结束叫"炮仗响"。他们不说胜利,不说战争结束,而说是"炮仗响"。炮仗响那天我一点都没有想到扬州人。一直到我要离开昆明的前一天,出去买东西,偶然到一个铺子里吃东西,坐下,一抬头,哎,那不是扬州人吗。再往里看,果然南京人也在那儿,做包子,一身蓝布衣裤,面粉口袋围裙,工作得非常紧张,脑杓子直扭动,手掌敲着包子皮钝钝的响。他摘蒂子,刮馅心,那么捏几下,一放嘴子,全按板中节,仿佛想把他的热心也变成包子的滋味。他从上到下无一处不像个当行的面食店师傅。这个扬州人，你为什么要到内地来？你是四十多岁的人了，你从前是做绸缎庄的，你要想回去向妻子儿女说一声"我总算对得起你们"？……然而仿佛他们全不成问题，成问题的倒是我！我教许多事情搅迷糊了。明天我要走了。车票在我口袋里，我不知道摸了多少次。我有个很不好的脾气，喜欢把口袋里随便什么纸捏在手里搓，搓搓就扔掉了。我丢过修表的单子，洗衣服收据，照相凭条，防疫证书，人家写给我的通信地址。每丢了一张纸，我就丢了好多东西。我真怕我把车票也丢了。我有点神经衰弱。我有点难过，想吐，这会儿饿过了火，我实在什么也不想吃。我蠢蠢地问S说：

"我们来了八年了？"而忽然问：

"哎，那罐火腿呢？"

S敲敲火腿罐头。在桌子下捏住我的手：

"你怎么了，D？——吃什么？"

我振作了一下：

"猪肝面加菠菜西红柿！"

扬州人放好筷子，坐在一张空着的桌子旁边的凳上。他牙齿掉了不少，两颊好像老在吸气。而脸上又有点浮肿，一种暗淡的痴黄色。肩上一条抹布湿漉漉的。一件黑滋滋的汗衫，（还是麻纱的！）一条半长不短的裤子，像十二三岁的孩子穿的。衣裤上全有许多跳蚤血黑点。看他那个滑稽相的裤子，你想到他的肚皮一定一叠一叠的打了好多道折子！最后我的眼睛就毫不客气的死盯住他的那双脚。一双自己削成的大木屐，简直是长方形的。好脏的脚，仿佛污泥已经透入多裂纹的皮肤。十个趾甲都是灰趾甲，左脚的大拇趾极其不通的压在中趾底下，难看无比。对这个扬州人，我没有第二种感情，厌恶！我恨他，虽然没有理由。

去你的吧，这个人，和我这篇倒霉文章！

一九四七年六月

绿　猫

　　山沓水匝，树杂云合，目既往远，心亦吐纳。

　　春日迟迟，秋风飒飒，情往似赠，兴来如答。

　　　　　　　——文心雕龙物色篇

　　刚才我想的什么？——又一辆汽车飞驶而过，震得我好不难受。像什么呢，像什么呢，说不出像什么。汽车回家，汽车们回家了。（汽车"们"？）这时候还有什么叫卖声音？叫的是什么？还有三轮车，白天怎么听不到三轮车轮轴吱吱呕呕的响？——我为什么那么钝，为什么一无所知，为什么跟一切都隔了一层，为什么不能掰开撕开所有的东西看？为什么我毫无灵感，蠢溷麻木？为什么我不是天才！——嗐，叫卖的，你叫的什么？你说说你的故书看。你是个高的矮的？你不快乐？你没有希望？你今天晚上会做什么梦？——你汽车，你"呜——"，你好无礼！两点刻了。——我刚才想的什么？香烟又涨了，（我抽了一支烟，）——我想什么来了？……喔，喔喔，我想过高尔基！

我想起高尔基的样子，画上的高尔基，雕像上的高尔基的样子。（我现在是什么样子？）也许不是高尔基，汤姆士·哈代，福楼拜，欧·亨利……随便是谁。但我想的还是他，高尔基。我今天偶然翻了一本杂志，翻开来第一页就是他，他的像，（这个杂志不知刊登了多少次他的像，这位编辑也不在意？多少杂志报纸上印出过他的像了。不用写出，就知道是谁，一看就知道是谁，不看也就知道!）刻在白云石上，选了合宜光线角度而拍出来的。高尔基斜斜地坐在那儿，一脸的"高尔基"。画家雕刻家们对他那么熟悉，比对他自己工作室所在的那条街，他买纸烟的铺子，他的房东的女儿，他自己的领带还熟悉。他们用笔用斧凿在布上木头里找出一个东西，高尔基。高尔基总是穿着马靴的？他脸上都是那个样子，他从早到晚，今年到明年，无刻不是"高尔基"？如果不是那些像，我相信，如果与他擦肩而过，没有人知道他是谁。没有多少人看过了还记得他。根本在路上就不会有人看他的，即使已经知道高尔基其人，知道他是个什么样子。高尔基是什么样子？两撇胡子——什么样的胡子？有一回我们演戏，彩排的时候，化妆室里，一个演员拿了皱纹笔，抹了底子油，问导演，"我来个什么样的胡子？"导演一凝眸，看了看演员脸，竖出一个指头，十分有把握："高尔基式！"——半搭拉着眼皮，作深思状。高尔基一年到头都在深思，都作深思状？——想想高尔基执笔抽烟的样子。——高尔基要是刚从理发店里出来，什么样子？——是什么意思呢？我怎么想起来这个？……

我是想起了绿猫。（高尔基，绿猫！）现在又是叫卖的什么？什么地方有关窗声音，隔壁老头儿又咳嗽了。

我的朋友柏要写一篇小说，写绿猫，我就想起了高尔基。今天我刚好看见了高尔基。若是看到别人，我就会想到别人。

我去看我的朋友柏。

黄梅天，总是那么闷。下雨。除了直接看到雨丝，你无法从别的东西上感觉到雨。声音是也有的，但那实在不能算是"雨声"。空气中极潮湿，香烟都变得软软的，抽到嘴里也没有味，但这与"雨意"这两个字的意味差得可多么远。天空淡淡漠漠，毫无感情可言。雨下到地上，就变成了水。哪里是下什么雨，"下水"而已。（赫哈，下水!）虽然这时念一声"八表同昏"，念一声"最难风雨故人来"，觉得滑稽，可是听巷子里那个苍白的孩子一边跑，一边用稚嫩的声音哀唤：有破个烂个电灯泡撂出来，有破个烂个电灯泡撂出来，我可没有电灯泡撂给他，披上雨衣，决定还是去看看柏。虽然毫不热烈，摇曳着，支持着那点意思。

怎么样从我的住处就到了柏的住处了呢？说不上来，我就是已经到了柏的门前，伸手而敲了。

"既然不是乘兴,你就不要来!"我心里自己嘀咕。王子猷呀王子猷,活在现在,你也毫不稀奇!想到你的得意杰作,我是又悲哀又生气。——才不,悲什么哀呢,生的什么气。谁也不能真正画出一幅雪夜访戴图,他不过是自得其乐。这个年头,谈不到这些,卞之琳先生说是"最不风流的时候",有这么一句话他就活得下去,仿佛不风流害不死他。人言阿龙超,阿龙固自超,那么咱们就超吧。也罢,我明知道这门里没有什么新鲜事情,优美,崇高,陶醉迷人事情,我还是敲门。剥啄一声,我心欢喜。心里一阵子暖,我这才知道我为什么要来,我该来。门里至少有我一个朋友,在茫茫人海之中可以跟我谈话。"我好比,南来的雁……"我简直要唱起来了。当然没有唱,一声"请进来",门为我而开了。我真想说一声:

"啊柏,我真喜欢你!"

现代人都受不了舞台上的大悲剧,受不了颤抖带泪的声音,受不了"太厉害"的动作,然而虽然上于礼义也,却未尝没有发乎情的时候,他只是不让她"出来",活生生给掐死了,而且毫不觉其残酷。当然我也不说。我为什么要怪,要不识时务,不顺应潮流。我的朋友柏是个热情人,虽然也给压得差不多坏了,但劲儿似乎还有一点。许多人加给他的评语是"天真"。当然他不是孩子似的。他天生来是个浪漫的底子,关起门来会升天入地,在现实中淘吸出点什么玩意儿来。——任是这么一个人,我也不能跟他说那一句会令他莫名其妙的话吧。如果我说,他一定愕然,看我一眼,略一点头,心里明白了,上来扶住我,扶到他椅子里坐下,甚至扶到他床上,给我倒水,有钱则为我买水果。他以为我醉了!如果我醉了,我就会接下去说:

"啊柏,你不知道我多难受,多寂寞!这是什么生活?什么时候光明才能照到'古罗马的城楼'?……"

喝醉了还是忘不了开玩笑:柏的隔壁有一位青年,一天到晚唱他的夜半歌声,而且总把城头唱成城楼。——得,我这么哩哩拉拉的,倒像我真的喝醉了！我什么都没有说，脸上微亮了一下，说了一句：

"怎么样，柏？"

见面总是这么一句。毫无意义。——不，不能是毫无意义，这至少等于说"哈，又见面了。"

"怎么样？——哎，你来得正好！"

这一句话我爱听。

"怎么啦？"

"我在写文章。"

"你写，我不搅你。我坐一会，看你那本书。"

"不，你来得正好，我写不出来。"

"噢，要我来打岔，好嘛！——写的什么？"

"一个小说。"

"我看看。"

"别看！"

我已经看见了！题目：《绿猫》；第一行是

"小时候……"

柏把稿子压在一本大字典底下，给我泡茶。接过茶杯，我不由得不扑嗤一笑，把茶都泼了出来，泼在裤子上。我掏手绢擦裤子。——并不是爱惜裤子，就是擦擦。——是爱惜裤子，下意识里还是爱惜的。这条裤子虽然普通到不能再普通，毫无特色之可言，但小时候总有穿鲜美新衣而喜悦，而爱惜的时候。

"笑什么？"

当然。他看到我眼睛所看方向就已经明白我笑什么。

一只瘦骨伶仃的小猫蜷在桌子腿旁边。这两天正是换毛的时候，毛都一饼一饼的。毫无光泽，不能说不难看。又是下雨，更脏了。本来应当说是白地子淡黄花斑，在暗影里说不出是什么颜色。柏也好好地看了它一眼，冲我皱鼻子，扁嘴，努目而用力点了点头，鼻子里哼出一股气：

"我一定要把它染成一个绿的！"

我又笑，柏可急了，他以为我是笑他，笑他也就是说说，决不会当真把他的猫染成个绿的。他声音大，吐字切，两腿分开，作童子军操"稍息"状，说：

"你瞧着！我一定染，染成个绿猫！我已经在一家理发店里问过了，有染绿的水。"

果然不错，他也看了前天的那张报纸。——我看了看他的头，新剪的，打三下！理发匠是顶会把所有的人弄成一样，把所有的人的风格全毁了的，顶没有"趣味"的人。你看看，把我们的诗人，我们的小说家，我们的希腊艺术的小专家，我们的长眉，大眼，直鼻，嘴唇的弧度合乎理想，脑门子宽窄中度，智慧，热情，蕴藉，潇洒的柏先生弄成了什么样子！要是有画家画，有雕刻家刻，有人来喜欢，来爱，你叫这些人何以为情，怎么办？这个头发式样！简直糟糕透顶，这是什么世界！柏是有他的合适的发式的。有一回，在昆明，也是下雨，柏去看我；没有打伞，也没有戴帽子，他的头发长得很长了，雨淋过，有点湿；他一进门，掏出手绢，擦额头的水滴，一扬头，把披下来的长发甩到后面去，用手那么一撩，嚄！那一霎那他真是一个柏，真美，那才是柏的头发！简直可以说，我喜欢柏就因为他有那一霎，永恒的一霎。否则，现在，这一头光可鉴人的头发马路上到处都是，多没意思！柏看起来相当滑稽可笑，现在。因为这一头头发与他周身上下，与这间屋子的一切，全不相调和——柏一定是在理发店看的那张报纸。前天报纸副刊上有一块"文人怪癖"。似乎是文人就非有怪癖不可，是副刊就得刊载无数次那样的"珍闻"。把脚浸在温水里，闻烂苹果气味，穿红衣裳，染绿头发，……抄集的人照例又必加上许多按语。按语虽各有巧妙不同，然而有一点是大都要提到的，是"这是刺激灵感之方法。"——柏有几根白头发，少年白，他自己已经不大在意了，理发匠可不肯放过，常常在剪好了，吹风上油时就会问一句：

"要不要染一染？三个月不会退的，尽管说。"

柏自然有点不耐烦。如果他有什么不高兴事情，比如，有那么一只不好看的猫这一类事情，他就会生一点气。一生气，刚好看到报上那段"文人怪癖"，他就装得极有兴趣，极关心地问：

"是不是什么颜色都能染！"

"什么颜色都能染！"

回答的不止一个人，不是那个劝他理发的理发匠，旁边好几个一起充满热情地回答。有一位女客为之神色飞舞，问其邻座另一女客：

"陈莉的头发是棕黄色的？"

陈莉是谁？看她们说话神气，大概是一个女"歌手"或是舞星吧？那位为柏理发的理发匠见自己的话为别人抢去代答，颇不高兴。柏想劝劝他，何必呢，凡事都宁可让着人些。然而似乎劝也无用，就问他一点别的，反正他就是要说说话。

"能不能染绿的？"

这就一时都答不上来了。过了一会，最远的一位理发匠说了：

"可以的！我见过染绿的药水。有一回，洋行里发货发错了，有一箱，打开来，是绿颜色的。——没有人要染绿的吧？你先生当然不要染绿头发？"

柏在镜子里点点头，那位刚才还似乎生了一点气的理发匠，正用一面镜子在后面照，问他满意不满意，自然总是满意，总点点头。一面，他回话：

"有人染的。不是我。我什么颜色都不染。"

大概那时他即想到染他的猫成绿色的了!

大家都说柏喜欢猫。柏也当真是喜欢的。不过叫他们,尤其是她们,那么一说,简直说得喜欢猫是件可笑的事,喜欢猫的也是一种可笑的人了。我极代为不平。一听到有人无话可谈的时候谈到他,我就说:"他喜欢很多东西,只要是好看的,有生命的;或是无生命而可以见出生命,见出生命之活动,之痕迹的,他无不喜欢。他从来也没有以为猫是世界上最美,最值得有的东西。"然而众口同声,我也没有工夫生那么些闲气。有时真气了,我就向柏说:

"柏,你就别喜欢猫吧!往后你什么也别喜欢了。"

可是大家非咬死了说他有猫癖不可。说这个话的,有的自己喜欢猫,援引之以壮声势。有的不喜欢猫,看不起喜欢猫的人,他们要找出这一点作为看不起柏的理由。有些,最多了,无所谓,无话可谈的时候谈谈。——都是柏那篇文章引出来的!

柏从小就与猫接近。他有个伯父，生性严刻，不苟言笑，对待任何人都是冷冷的，可是他爱猫，猫是他性命。他养了一大堆猫，最多时到过四十七头，平常也十头以上。一家之中他伯父就是对柏还有时和蔼慈祥，因为柏可以陪他一起养猫，喂猫饭，用发梳为猫梳毛，为猫捉跳蚤，找老猫在哪里生小猫，更重要的是搬个小蒲团坐下陪他伯父一同欣赏那些名贵的猫。柏从之学会医猫病，配猫药，知道猫吃了什么要长癞，什么东西则可使猫毛丰长亮洁。他知道许多猫的名色。我只记得狸花，玳瑁，乌云盖雪，铁棒打三桃，瑙玛浆，大杏黄，小杏黄，几种最普通习见的，其余都记起来难，忘起来快。柏还说过许多如何偷接一个种，春夏间如何监视猫的交游，没有尾巴的猫与有尾巴的猫配合，生下来有几个可能有尾，几个无尾，狮子猫下小猫有几分把握能是狮子猫，等等，我说他很可以写一本《猫学》去，这样，他一开头写"小时候……"乃是自然不过的事。——不过，除了我他很少向人谈这些。——幸好没有谈！那篇关于猫的文章，别人看了不知道怎么样,我是颇喜欢的,因为亲切。他所说的那些我有不少知道,在场,所以印象很深。文章我这里有一份,有几处,我以为还可以一看:

> 大雨忽然来了。一个青色的闪照在枫树上,我赶紧跑到柴草房里去。那是距我所在处最近的房屋。我爬上堆近屋顶的芦柴上,听水从高处流下来,顺着瓦沟流下来,响极了。訇——空心老桑树倒了,往下一压,蒲桃架塌了;我的四周越来越黑了,雨点在我头上乱跳。忽然,一转身,墙角两个碧绿绿的东西在发光——哦,那是老黑猫。老黑猫又生了一堆小猫了。原来它每次生养都在这里!我看它们吃奶,听着雨,雨慢慢小了。

柏谈起过他们家那个小花园,而从这头猫上我可以得到二十年前他的一个影子,在那个小花园中活动。

后来，说到在昆明时候，这时候我已经认识他了。

……有一回我到一个人家去。主人不在，老妈子说："就回来的，说怕您要来，请在屋里坐坐，等等。"开了房门让我进去。主人新婚，房里的一切是才置的，全部是两个人跑疲了四条腿，一件一件精心挑选来的。颜色配搭得真是好，有一种暧暧朦胧感觉，如梦如春。我在软椅中坐了一会。在我看完一本画报，想换第二本时，我的眼睛为一个东西吸住了：墨绿缎墩上栖着一只小猫。小极了小极了，头尾团在一起不到一本袖珍书那么大。白地子，背上米红色逐渐向四边晕晕的淡去，一个小黑鼻子，全身就那么一点黑。我想这么个小玩意儿不知给了女主人多少欢喜。怎么一来让她在橱窗里瞥见了，做得真好。真的，我一点不觉得那是个真猫！猫要是那么小，是没有大起来；还在吃奶的小猫毛是有一块没一块的，不会那么厚薄均匀，茸茸软软的。嘿，——我这一动换，嗖，它跳了下来，无声地落在地毯上，睁着两颗豆绿眼睛。它一点都不是假的！猫伸了个懒腰，走了。我看见那个墩子，想这团墨绿衬得实在好极了。我断信这个颜色是为了猫而选的。——这个猫是什么种？一直就是这么大？……想着，朋友进来了，我冒冒失失地说"××，你真幸福！"朋友不知道我所称赞的是那一点，瞠目而视，直客气"那里，那里！"女主人微微一笑，给我拿来一个烟灰缸子过来。……

这里所说××我也认识。那个女主人呢，不少人暗暗的为她而写了诗。我们的柏兄大概也写过不止一首吧。想想他说"××，你真幸福"那股子傻楞劲儿？——这事说来也近十年了。没有十年，八年。而另外一段，我更熟习，那时我跟柏同住在一个地方，在大学里念书的时候：

……得要有一个忧郁得甜迷迷的小院子,深深细细,缠缠绵绵,湮浸于一种古意。……

昆明是个颇合乎理想的地方。一方面许多高大洋楼连二接三的生长出来,真是如同雨后春笋。一方面有戴乌绒帽勒,饰以银红丝球缨络,青布衣上挑出葱绿花纹的苗女,从山里下来,青竹篮里衬着带露羊齿叶片,用工房中唱情歌嗓子在旧宅第下马石前长喝一声"卖杨梅——"

新与旧的掺和对照,充满浪漫感。去年沙嘴是江心,呼吸于梅礼美的"残象的雅致"之中,把无可托付的心倾注在狗呀猫呀的身上的,想想看,有多少人?……

我所寄住的那一家,没有一个男人,一个五十多岁的老姑娘带两个很难说是什么身份的女孩子。她们都吃素,老姑娘念经奉佛。她们经年着一尘不染的青布衣,青布鞋,有时候忽然一齐换一天或银灰色,或藕合色的高领窄袖子,沿边盘花扣子的老式慕本缎子衫裙;到天黑，回房才褪尽簪珥，仍是老样子，髻子辫子上留一朵淡色的或艳色的花。不知道那一天有什么事情。——不知是什么道理，鱼磬声中，一点都不是先入为主，神经过敏之见，有一种执著的悲剧气味，一种安定的寂寞，又渗杂一种不可名状的挣扎。而这一切，为一头大猫点动出来。院中一棵大白兰花树，一进门即觉得满身是绿。浓香之中，金残碧旧，一头银狐色暹罗大猫伏在阶前蒲团上打盹，或凝视庭中微微漾动的树影，耳朵竖得尖尖的，无端紧张半天，忽然又懒涣下来；住久了，慢慢的，话就越来越少了，好像没有什么可说的……

这样的文章，即使柏是我的朋友，唯其是我的朋友，我不能说是怎么好，我不是说"可以看看么?"难道看也不能看么？我相信韩昌黎"气水也"的说法，把文章摘出这么两三段来看是很要不得的办法，因为只见浮物，不见水，也浮不起来。——我们所谓风格，大概指的就是那么股"劲儿"。是落花依草也好，回风映雪也好，你总得从头至尾地看下来才有个感觉。正如同要行了才算是船，砌死在那儿，哪怕是颐和园的石舫，也是呆板的。不过我把柏的文章抄在这里，他要是反对，不是反对因为失去层叠逶迤，跉翻盼顾而觉得有意跟他为难；是态度，是从切面中见出态度，从态度中有人，有好事人会提出他是怎么样一个人。从这三两段之中若是有人"唔"那么一声，"谈猫的！"他就没法奈他何。那位先生的意思当然是：猫不是猫，是很多东西，是大白兰花树，是银灰藕合，寂寞安定，是青竹篮带露羊齿叶，是如梦如春，暧碟朦胧，是枫树，青色闪，是浪漫感觉，……是不大壮健，是过了时的东西！有人说它晦涩，有人说它浅，都对。柏没法奈他何。是的，我可知道柏的苦。他自己比谁都明白，一天到晚的嚷着，为什么没有时间给我读书，给我思索，给我观察，为什么我不能深入于生活，平正于字句，为什么我贫弱，昏聩？看他用全力搏兔，从早到晚，天黑到天亮，（这样的时候不多，不是他不干，是时候没有，）结果颓然败阵下来，神色惨然，向我摊手，说"没有办法，你看见的，我尽了力，可是格格不入，一无是处。"我就劝他，"你就别写吧。"这他可忽然爆发起来了，仿佛我就是他弄不好的题目，冲到我面前：

"我不写，我不写干什么？"

他是要反对我，反对的是这个。但是反对过一会儿他就不反对了。他就说："无所谓的。日光之下无新事，都要过时。"

就因为过时，我问柏：

"哎柏，你为什么写这么个题目？"

我这一问好叫柏不高兴。他大抽了一口烟，推出下唇而喷出来，那么斜着眼睛看了我一下。我知道这兜起了他的恨。当然他不能一直用那样的眼睛看我，把眼睛移过了，那么看着一幅梵高的画，右手的大拇指无意识的拨弄他的衬衫扣子。渐渐的，他的表情之中透出一种悲怨，一种委屈。糟糕，我这一句不经意的话闯了祸，我怕他要哭。你可以想象那一会儿的僵，那一会儿我的不安，我的无以自处。我吸吸鼻子，咳嗽两声，舌头舔舔嘴唇。要是这种情形一直持续下去，我只有怏怏的说、乞怜、抗拒、绝望、哀楚、狠毒："我走了。"从此我就绝不再来。倒是柏，他或者是因为梵高的燃烧的笔触而得到安慰，得到鼓舞，得到启迪，忘了，不计较我的话。他倒体谅起我的踟蹰，他脸上的表情变得非常温柔，把手加在我的手背上，我就是怎么会嘲笑，怎么 Cynical，也不能不为他感动。他缓缓地叹了一口气：

"我总在这儿写就是了，你知道的。——我这也并不是象征派，我有良心。"

柏为我拿烟，为我点火。这也有下场。否则，他的手一直加在我的手上，成何体统？在我们的恳挚未为俗情笑煞之前即把手取去，是聪明的。自然事亦大可哀。但还是这样好，含蓄些，古典些。空气既已缓和，且因为这么一来，我们就更亲近，更莫逆于心，我就问问柏：

"为什么写不出来呢？"

柏苦笑，手那么一伸，把他的房间介绍给我看。不用说别的了，房间里有四张床！——比我的房间里还多一张。一张窄窄的小桌子，桌上又是肥皂，又是牙刷，又是换下来的衬衫，又是童子军哨子，又是算盘，又是绍兴戏说明书，又是什么文艺杂志，杂，乱，多，不统一，不调和。这间屋子真暗，真湿，真霉，真——唉，臭！柏从云南带来的一个缅漆盒子被人撂在墙犄角，这个东西他曾经那么宝爱过。他画了好几年的一个画稿上一个热水壶印子，一堆香烟灰，而且缺了一角。雨越下越大了。幸亏有雨，他才能多单独一会。而隔壁雄壮的古罗马的城楼歌声认真其事地唱起来了。柏的眼睛落在一本书上：弗吉尼亚·伍尔芙的《一间自己的屋子》，他表情极其幽默。

我想问问他是不是还是那么几个钱薪水，得了，别问了。

柏翻他的抽屉。找什么东西？

"张先生有信来。身体比较好些了。得等再照一次 X 光再说。究竟怎么样了呢，也不知道。他写了二十年，不管怎么样吧，写了二十年，似乎总该得到一点报酬。——还骂他！这时候还骂他作什么呢？在外国，这时早到了给他写传记的时候了。要批评他，就正正经经的批评也好，——那么轻佻，那么缺薄，当真他的文字有毒么？紧张热烈地在工作，在贫穷苦闷之中不放下笔来，这还不够伟大？——昨天见到李先生，他总是那么精神旺健，说：'别骂！张某人比你们大家都穷，也比你们大家都用功，这是事实，这就够了！'何必呢？现在我们还有比麻木，比愚蠢，比庸碌更大的敌人么？为什么不阔大些，不看远些？

"他还是劝我换个方法写。你看么？"

我看信。一面还想了想"斗士"这两个字到底该是什么意思？

"是怎么回事？"

"我寄去一篇小论文，后来发现其中有一处很不妥贴，写信请他暂缓发稿，已经来不及了。后来想想，也无所谓，反正不是什么不刊之论。我年纪还轻，活着，谁也不知道里里外外要翻多少次身，要起多少次变化。你看我到了这儿一年，就在这儿变。——他这两句让我有一点感慨。你看。"

"……其实一般读者无此细心。大凡作者用心深致处读者即恰恰容易忽略。事极自然，因作者所谓深致，即与作者不大用心时文笔不同。一人尚如此，何况诸读者？……"

"你感慨什么呢？"

柏从字典下把那一叠《绿猫》原稿抽出来，拿起笔来写了一个"废"字，把桌上的笔套起来。

"不知道什么时候才写得好，又'错'了。

"就是缺少那点用心深致处！——在生活里'出'不来，文章里'进'不去。格格不入，不对劲儿，不对。

"瑞恰滋的说法已经很多人认为不能满意。我可是还没有见到更好的说法。——自然一切说法只是一种说法，它并不能就限制住写的人的笔。没有什么说法，大家也还是要摸索着前进，写出许多东西再等有人来结说一句。

"古往今来的文章当真有什么用？说法国革命是一支《马赛进行曲》引出来的未免太天真，太乐观，有点倒因为果。而且《马赛曲》唱了出来多半也还是有点偶然。——为什么写？为什么读？最大理由还是要写，要读。可以得到一种'快乐'，你知道我所谓快乐即指一切比较精美，纯粹，高度的情绪。瑞恰滋叫它'最丰富的生活'。你不是写过：写的时候要沉酣？我以为就是那样的意思。我自己的经验，只有在读在写的时候，我才觉得自己活得比较有价值，像回事。

"可是——难！纪德说：'若是没有，放它进去！'说得多英勇！我看要生活里有诗，只有放它进去。——忽然想到这么一句，不大相干。

"我并不是要把读跟写从生活里独立出来。这当然也不可能，办不到。并不是把生活一刀两断，截然分开，这边是书，是艺术；那边是吃饭，睡觉，打哈哈，不是这样的意思。……我要的是什么东西呢，不妨说就是'灵感'吧。

"就像等公共汽车，看着远远地来了，一脚跳上去，想它，想那点灵感，把我带到一个比较清爽莹澈，比较动人，有意义，有结构，有节拍的境界里去。灵感，我的意思是若有所见，若有所解，若有所悟。吃着饭，走着路，甚至说着话，尤其是睡前，醒后，忽然心里那么触动了一下，最普通的比喻，像拨响了琴弦，这就仿佛活了起来，一把抓住，有时就得了救。我就写。——阅读，痛快地阅读，就是这个境界的复现，俯仰浮沉，随波逐浪，庄生化蝶，列子御风，味飘飘而轻举，情晔晔而更新。……"

柏看了我一眼，看我确是在听，集中精神在听，听得很沉迷。其实不如说我在看，看他说，看那些其实没有什么出奇，我也知道的词句如何从他的心里涌出来，具何颜色，作何波澜。我在听，在看，在鼓励激赏。柏高兴，这一会儿他嗓子也好听，情感流得自然中节。

给你背一段书：

"古人云：'形在江海之下，心存魏阙之上，神思之谓也。文之思也，其神远矣！故寂然凝虑，思接千载，悄然动容，视通万里。吟咏之间，吐纳珠玉之声；眉睫之前，卷舒风云之色，其思理之致乎。'——珠玉，风云，这是六朝人滥调，不过'寂然''悄然'形容得好！……

"'故思理为妙，神与物游。神居胸臆，而志气统其关键；物沿耳目，而辞令管其枢机；枢机方通，则物无隐貌，关键将塞，则神有遁心。……'"

我点头：

"张载说：'心中苟有所开，即便劄记，不思则还塞之矣。'非常同情他这个'还塞之矣'，非常沉痛。"

"'是以陶钧文思，贵在虚静：疏瀹五脏，澡雪精神；积学以储宝，酌理以富才，研阅以穷照，驯致以怿辞。'——真好！

"夫神思方运，万涂竞萌，规矩虚位，刻镂无形：登山则情满于山，观海则意溢于海，我才之多少，将与风云而并驱矣！……"

"你背得真熟。"

"因为就像是我说的！——我还是赞成背书。就是太忙。我多久没有这么'像煞有介事'过了？从前不相信什么会闷出病来，现在想，大概真有那么回事。我母亲，他们就说是闷出病来，死的。"

柏这会儿神采焕发,眸子炯然。他在椅子里把四肢伸得直直的,挺了挺腰,十分舒畅的样子,看起来他比平常也长大了些。我可以体会到他身体里丰满的快感。过了好一会,雨小些了,他走了两步,重重地叹了一声:

"四序纷迴,入兴贵闲;勤靡余暇,心肖长闲,可是我怎么闲得起来?"

他长吸一口,把烟蒂灭了。打开抽屉,放好他的断稿《绿猫》。这家伙太敏感自觉,虽然对我还有时这么淋漓尽致地抒说,但也不让自己太忘形。过于恣肆固恐使我难堪,漫无节制亦为他文章义法所不取。完了,即使我紧接着,用热望的眼睛注视他,说"说下去,"他也不说了。古罗马的城楼又唱起来,而且远远的已经听到他的同事们嚷着唱着来了。柏向我笑:

"满城风雨近重阳。——水之积也不厚,则其负大舟也无力,我其为芥之舟乎?——什么时候,我才能有一个比较可以长时间思索,不被干扰的时候?——你也走吧,你也不善应酬,我实在怕看你装得很会应酬的样子；而且再有半点钟你们就要开饭，我也不留你。"

抱起他的小猫，柏送我到门口。我看着马路对面法国梧桐的绿叶，笑。

"又笑什么？"

"我想你有句什么话要说：'感谢你让我痛痛快快说了半天话，胡说八道，毫无道理，不要笑我。'——把你的猫送还给人家去吧，多难看！"

"阁下聪明，倒是，算你猜着，不愧是小说家！——才不送，我要把它染绿了呢！别把我的话记下来，说我说的，我怕挨骂，除非等我把那篇了不起的大作，文学与人生，写出来之后。——哎，你上回说的道士请神情形很有意思。真是那样？是你诌出来的？"

"诌什么！回去吧。过两天来。希望你的《绿猫》也写好了，猫也染绿了。"

风雨如晦，鸡鸣不已。——哎呀，我已经在这里坐了几个钟头了？天已经透蓝。咦，这里居然也听得到麻雀叫？——糟糕，我伤风了。刚才我放下笔歇了一会儿，抽了两支烟，我想了些什么？……我想起柏文章中提到的小院子，那时我们住在一起。想起那棵大白兰花树，现在正是开花的时候了。只有在云南那样的气候，白兰花才能长得那么大，罩满了整个一天井。花时，在巷子里即闻到香气，如招如唤。我们常搬了一张竹椅，在花树下看书，听老姑娘念经敲磬。偶然一抬头，绿叶缝隙间一朵白云正施施流过，闲静无比。一个老蜂窝又大了不少。一个蜘蛛结网，忙碌辛勤，忽然跌落下来，吊在半空；不知是偶然失足，还是有意如此，好等风来吹去，转换一个方向。我们有一个长耳绿陶水瓶，用陶瓶汲取井水来喝。——这时候！我们多半已经到了呈贡，骑马下乡了。道路都在栗树园中穿过，马奔驶于阔大的绿叶之下，草头全是露，风真轻快。我们大声呼喝，震动群山。村边或有个早起老人，或穿鲜红颜色女孩子，闻声回首，目送我们过去。此乐至不可忘。——一说，也十年了，好快！——而这里，就是汽车！汽车又一辆一辆地开出来了。……

怎么会想到高尔基身上去的？……喔，是想到道士请神，于是想到高尔基。

凡道士做法事道场，拜斗礼坛，既爇香，例须降神。降神，就是变成一个神。其实和尚也如此，当中坐的那个戴毘卢帽的大和尚是地藏王化身。不过道士降神过程，比较长，比较顶真。偷鞋骗食的道士，自然不过略具形式而已。有道行道士则必虔诚恭敬，收视返听，匍匐坛前，良久良久，庶可脱去自己，化为太乙。旁边的小道士，这时候由"掌鱼"的领头，摇铃击磬，高声赞美，退魔障，全真灵，参助其升超。据说内行人常常可以看出变到了如何程度，是快是慢，是易是难。据说，如果降请既毕，得到灵感，——他们也叫灵感，即凡俗人，若谛细观察，亦可以觉出与平常神色不凡，端正凝祥，具好容貌，有大威仪。这似乎与理学家的功夫有相似处。噫，鬼神之事，难言之矣，小时我不怎么相信，现在也还是一样。不过那个理却似乎有的。我有兴趣的是它可以借给我作一个比喻。

高尔基就像那个道士。我是说画布上的，白云石，青铜上的，诚然是高尔基，但那是高尔基的精华。平常时候，比如从理发店里出来的时候，（高尔基也要理理发，俄国的理发匠不见得高明到哪里去！）高尔基未必常如是。高尔基一定也有很不像样的时候，如果人家一定要送他一个难看的小猫他怎么样呢，大概也没有办法；高尔基大概也不喜欢听古罗马的城楼，不喜欢四个人住一屋，不喜欢汽车声音，不见得喜欢一点都没有雨的意思的下雨天也。——那种最高尔基式的时候，当然是他写得或者读得得意的时候。像果戈里所说，写不出来，在纸上乱画，写：

我今天写不出来，
我今天写不出来，
我今天写不出来！

的时候，自也有一种可以令人感动之处。不过画家雕刻家似乎看不到；看不到所以他们画不出，刻不出。这怕倒还是写小说的可以来表演一下子了。

因为柏写不出文章，我想到这些。我是说高尔基可能比柏稍为可以平和安定一些，有时间可以思索，不会那么要写而不能写。——我这想的有点怪么？

柏的《绿猫》，要写的，是一个孩子，小时极爱画画，可是大家都反对他。反对他画画，也反对他画的画。有一回，他画了一个得意杰作，是一头猫。他满腔热望，高高兴兴的拿给父亲看，父亲看也不看，拿给母亲看，母亲说："做算术去！"拿给图画老师看，图画老师不知道生了什么气，打了他十个手心，大骂他一顿："哪有这样的猫？哪有这样的猫！"他画的是个绿猫。画了轮廓，他要为猫着色，打开颜色盒子，一得意，他调了一种绿色，把他的猫涂成了绿的。长大了，他做公务员，不得意。也没有什么朋友，大家说他乖僻。他还想画画，可是画不成，乱七八糟的涂得他自己伤心。他想想毛姆的《月亮与六便士》更伤心。到后来他就老了。人家送他一个猫。猫，人家不要养了，硬说他喜欢猫，非送给他不可，没有办法，他就收养了。他整天就是抱着他的猫。有一天，他忽然把他的猫染成了绿的。看到别人看到绿猫的惊奇样子，他笑了。没有两天,他就死了。

虽然我曾经警告过他,说这样的小说我没有看见过。这算什么呢,算心理小说?心理小说在中国还是个颇"危险"的东西。中国人大概都比较简单,也许我们的小说作家以为中国人很简单,反正,没有这个东西。我想劝他还是写写高尔基式的小说。不过,还是让他写下去吧。也许他有一天会写黑猫,白猫,狸花猫,玳瑁猫的。——你也知道的,他写的是他自己。

我担心的倒是,猫要是个绿的,他把猫眼睛弄成个什么颜色呢?唔,我以为这很严重。

天倒是晴了。早晴,今天一定热得很。——隔壁那个老头子咳了整整一夜。——不得了,汽车都出来了,这个世界上充满了汽车!还有,那是无线电的流行歌曲,已经唱起来也!我想起那位乖戾的哲人叔本华的那一篇荒谬绝伦的文章:《论嘈杂》。

一九四七年七月二日　上海

锁匠之死

我们城里总是铳人。"铳"就是枪毙。不说是枪毙,说铳。你如果不说铳而说枪毙,城里人就觉得你要不是外边来的,"外路码子";要不,假如知道你的底细,知道你的祖宗三代,你的"骨头渣子",你是本乡人而(他们以为)故意不说本乡话,撇"官腔",哈呀,了不起!你这两个字触犯了他们,他们一定对你侧之以目,嗤之以鼻,努之以嘴,歧视你,恨你,对你有一种敌意。小城里的人都敏感得出奇,多疑善忌,脆弱的自尊心一来就碰伤了。他们随时听得出你声音里有些甚么意思,随时觉得你笑他,看不起他,为了跟你对抗,他们在他们的城垣上增了更多的石头,把他们的固执堆积得更高。如你往大街上一看,随便问一句,"甚么事情？——是不是又枪毙人？"人丛之中一定有一个十分严厉的声音直撞撞的发出来"铳人"！你没法奈何，你觉得他像是寻事找碴儿罢，他又可以说这是好意跟你答话。你皱一皱眉毛，他那儿心里可笑开了。准保事后他一定跟人添油加醋的讲一气，把你形容得狼狈不堪……好罢，就说是铳人。我们城里是个铳人铳得最多的地方，这简直是她的最大的特色。要是把这个特色取去，我想不出有甚么可以代替他的。每年要是没有那么些人枪毙，我们的城是甚么样子呢？我怕我要不认得她了。我的那些尊贵的同乡们的一部分情感当然要没有搁处了。于是我们的城加给我一层阴暗。说"最多"不无有点问题，但无论如何比别的地方要"重要"，影响要大。如果说我的印象不大准确，我告诉你，我的初级中学在县城东门城脚，东门外即是杀场。出东门有一木桥，桥下的水呼呼的流得很悲惨，本来叫做东门桥，但一般都称之为"掉魂桥"，言死囚过此桥上魂即掉去也。我们在上课，忽然远远听见许多人奔跑的声音，听见那种凄厉的单调的号声，一会

锁匠之死　101

儿汹汹涌涌的过去了。我们的心就沉下来，沉沉的撞击，紧紧的压得难受。枪响了，听得清楚是几个人，一人挨了几枪。冲起一阵喝彩的声音，再又是一阵杂沓的脚步，当中夹着一串整齐的，一队保卫团的兵，跑步，吹的号是凯旋号。有时适在下课时候，同学多随着去看。年纪都还小，很多在枪声一响的那一霎回过头来的。我则从未亲自去看过。不过有时进出东门，殷红的白，发了一点黑，破烂的尸首总会映到你眼睛里来。东门外有一个非常好的乘凉看书吹口琴放风筝的地方，有一棵极大的桑树，结了一树大紫桑椹，在摘下来要放进嘴的时候一想到枪一拨响的景象就会老大不自在，眼睛里涌出了恐怖。有一次，我刚从外面回到学校，要进校门，校门进不去了，全是人，堵得死死的，后面有人还拿了凳子爬上来看，就要来了，——又铳人。没有办法，只好站在前头。既然非看不可，我就好好的看一看。一共五个。我一个一个看过去。全是土匪。向来枪毙都是土匪。有一个，我认得！那是南门的一个锁匠。

这个锁匠有一个很好的百灵。我每次经过他门前时都要看一看。我记得他那个铺子的整个的样子。我记得他的样子。他有妻子老婆，有一个孩子。他家后头有个小院子，有一棵树，树长过屋脊，在外头就看得见。……现在，这是他。他就要去枪毙了。他坐在一个柳条篮子里，被两个扛夫抬着，这样子很滑稽。滑稽得教人痛苦。是他！他没有变样子，不，这不是他。他怎么会，怎么会。是这个样子呢。你猜我当时想的甚么？我想做皇帝。我想九更天，闻太师，——我想我一点也不能救他。我白着脸站在那里。等门口人滚滚的插进跟在后面的队伍里去，松了，露出了大门，我走进去。我一个人坐在空空的学校里的空空的教室里，半天半天。一直到听见有人在隔壁弹风琴。我是个孩子！但是别笑我，那个锁匠是个了不得的人，了不得的锁匠。他的铺子，我傍晚经过时特为看了一看，果然，知道是，关上了。当然一定是关了多少日子了，我早就知道，早就听说，早就看见的。然而以前好像这是不可靠的，不真实，不明明白白的，现在，完了，划然的摆在我面前。排门上两道封条，十字交叉，白纸黑字，县政府封，月日，一颗大朱印。有一根柱子有点歪。

他的罪名是跟匪有来往，通匪。跟匪有来往不一定就是通匪。但在我们地方上人看起来没有甚么两样。至少愿意他没有两样。他的情形也比较特别一点。……主要是因为他住的地方。他住在简直是城中心，往南往北都没有几步即是闹市和富宅。这简直不得了，给他们的威胁太大了，不等于是匪都住在家里来了？随时就有危险，嘿！他们容不得这么一个大胆的人，而且那么一个聪明人，那么有心眼，机伶。而且，他倒真稳呐，一点都看不出来。看他那样子，哪里像个通匪的人，像个匪呢？（直截指之为匪了。）还怪和气的，怪规规矩矩，说话，待人，哪一样不好好的？天天还都见面呢！——个王八蛋！谁料得到他里头是这么样的险！奸！他们气愤了，他们觉得他顶可恨的是他们被他蒙住了，他们像个三岁孩子似的被人欺负了，他们冤！于是从前对他的好感漫无节制的增高起来，他们简直把他说成了神，甚么不可能的，平常决不有人相信的事情大家全都相信了，临时现抓，越编越多，越编越长，越编越有声有色，委委曲曲，原原本本，一大套变成理由和证据，——杀他！因为，他们不为甚么也希望他被杀，希望有人被杀，他们要创造出这么一个人。这回花样翻新，异于往常，有趣。

他是个锁匠。姓王，一般称之为王锁匠，或锁匠小王。从前，他是个挑锁匠担子的。但锁匠担子常常也称为铜匠担子，锁匠也是一种铜匠，而且与真正的铜匠有一部分的工作是相同的简直大部是相同的。所以王锁匠未始不可以称为王铜匠。比如北平市口角有一个矮子铜匠，职业性质与王锁匠全无二致，而人不称之为矮子锁匠称之为矮子铜匠。王锁匠的"锁"字有一点标榜的意思，因为他配锁配得特别好。你见过那种锁匠担子么？长方的两个木箱子，底微阔大，渐上渐小，四边都是梯形。一边一个，挑着时咔——咔，咔——咔的响声，箱子上头有个架子，横挂一长串钥匙之类，互相擦击，发出声音，极有节奏。这种担子跟修洋灯洋伞的，补

锁匠之死　105

锅的,锡匠的担子都如同兄弟,有一种渊源,一种亲切的关系,都是小时候常常会让我把急切的脚步放缓,让我嗒焉如有所失,毫无目的跟着他看着他半天的。"补锅,——"丁达达丁,丁达达丁,丁达达丁达达丁达达丁……有一种特殊响器,很多的精铁长片串在一起,撒开来一齐花喇喇放出去,又趁手一带收回来,折成一叠,这有个名字的,叫做甚么甚么子,……哎呀,我怎么会又想不起来呢,我都闹不清究竟该往谁的手上搁了。不过锁匠担子常常有的是固定的顿在一处,等人来就教。木箱的一头各有许多小抽屉。我多想把那些小抽屉一个一个的抽出来看看啊。这些小库房里简直是包罗万象,用之不竭。并不乱搁的,每一格都是一定有东西。那每一个锁匠担子都是完全一样的。这一个锁匠跟那个锁匠若是换一副担子用一两天绝对没有问题,没有甚么不方便。不,一两天是可以的,多了不成,器物各有不同性格,用惯了自己的用别人的不顺手,不如意。——都是这样,所有的这种担子都有一定的秩序。甚至皮匠担子。我从前以为皮匠担子总是砧子木板乱搁的,才不,刀是刀的地方,锤是锤的地方,麻线,黄蜡猪鬃都占一定角落,甚至篮子上竹架子上夹的上底的牛皮马皮,大大小小,都挨着差不多的层次!顶要紧的是一把大锉。大。锉身有二尺多长,四四方方。一头一个木柄,抓在手上。一头是锉头,木制,圆的,顶头饱出,作球状,套在一个固钉在木箱上的铁环里。锁匠坐在一个马扎子上,坑蛋坑蛋拉那锁。锉钥匙,锁匠,锉别的东西。磨锉金属的声音本来是不大好听的声音,但如果那个锁匠,我不讨厌,我听惯了,而且可以毫不勉强的说,我喜欢。是的,那是沉着痛快,锲而不舍,坚决而持实的声音,一锉下去,拉回来往下再一推,铜屑子灿烂的撒下来,那边,那个东西上一道糟子,生新的一条一条痕迹。锉高一点,低一点,偏一点,侧一点。手里控着的东西转着方向,嘎兹嘎兹,嘎兹嘎兹成了。这是最诚实的,最好的广告。"喂,拿过来试一试。"一把死了的锁,郭达,开了。再试试,锁起来,郭达,开了;郭达,开了。好。因此有多少人少做许多着急的梦了。一年丢了钥匙的倒也不少噢？这些钥匙都到哪里去了呢？锁匠有许多旧钥匙是哪里来的呢？只见人拿了锁来配钥匙，拿了钥匙来配锁的不多罢？锁匠开得的锁多，不一定钥匙，有一根铁丝弯。来弯去的大多数锁都不费事。据说一个小偷学习他的行业之前必先学作木匠，瓦匠，懂得房屋路径构造，撬椽子挖洞，爬高走险，还得，学两年锁匠。而捉到过好多小偷，说是都是由锁匠出身的。所以，王锁匠的事犯以后，有人说，他在没有"大做"之前一定还摸过几家子。偶尔捞一点外水，并不长做，不在地保面前挂号，手脚紧密，不露破绽，没有人知道。有两笔肥的呢，不然，就坑蚩坑蚩，他就开得起铺子来了？这么多锁匠呢，为什么他们都拉一辈子大锉？——害，你，你叫王锁匠给你配过钥匙没有？哈！你运气！你知道你担了多大的风险啊，他是，甚么锁到他手里就听他的话的啊，见过一把锁就忘不了的啊，弹簧弹子德国钢锁都开得开的啊！啧！你他妈的婊子不害×，——走局。你丢过东西？——没有？—— 可惜。

王锁匠后来开了个铺子。一个正式的铜匠铺子。这就是说他有三根铜苗子坐镇在橱架上。铜匠店总得有这个东西，也有一种义务，到附近邻居，这一坊一保有火灾，得把这几根铜苗子借出来，扛出去，帮同救火。铜苗子看见过没有？跟个大望远镜似的，构造原理与小孩子玩的水唧子同。这东西的威力当然不如水龙大，但有时小火，专对一个近身方向也甚有用。而且，轻，方便，灵活，火头转到哪里马上就迎得上去。铜匠店不知是不是因为整天丁丁东东吵扰了街坊，故做了这个东西，防其不测，作为补报？城里熟习掌故的不但说得出各坊老龙的性格，且亦能历历说出一家一家铜匠店的水苗子的历史，说得出他们的样子，说得出某次某天他所尽的力，建的功。跟那些龙一样，有些苗子都渐渐有了神性，供放在家里轻易不触动，甚至也烧香叩头，隔一个相当时候须"请"出来校验校验。王锁匠家的一根特长苗子，一两次之后即显出不凡。更值得感谢的是他亲自出没火场施救时的勇敢和机敏。对面那一家豆腐店，母女两个，不是他，不是那根苗子，早完了……从此王锁匠的工作不是，不单是锉，而是打了。一块紫铜板，登登登登，能够打成一把水吊子，简直是不可想象的事！一个铁砧子，铜板放在上头，一锤子，一锤子，一锤子下去，红粉粉的铜上一个光溜溜的紫麻子。登，一锤；登，一锤。不是死命的砍，巧巧的，一着到立刻就反弹了回来，耍耍停停。手下铜板渐渐转移得每两点之间，距离一定，麻子都是整整齐齐的。转着转着圆了，转着转着窝过来，有意思！打水吊子，打铜盆，打水镟子，酒镟子，打脚炉，打五更鸡，莲子井。水吊子一把一把吊在屋梁上，水镟底朝外倚在架子上，又光又圆。他也做福禄寿喜字，立鹤芝鹿烛台。也磨松鼠葡萄双鲤鱼，赛银帐钩。做的油灯盏。做铜笔帽，做墨盒。我的墨盒，笔帽都是他家买的。笔帽是玉山号笔店买的，但是他家做的，他也还做锁，大大小小，各种各样的锁。还配钥匙，到他那里配钥匙的人多。他生意很好。可是新开的店也并不光鲜，老房子，比一般大铜匠铺子小，说正式也并不大正式，还是一样"小本营生"，只有两个小徒弟，另外就是他自己，店也没有什么陈设，暗暗的，墙上砖块的印子在薄薄一层石灰水后里骨露出来，木头上并未髹漆，碎砖地，招牌是纸写的，正面墙上有一个红福字。廊簷台阶有一两块砖头常常是缺的。我们一次一次从他的廊簷下走，一次一次脚下的路线为这个缺口一绊。一遇到这种缺口我们就想跺他两脚再跺下两块来的，可是王锁匠家的廊簷台阶总是缺那么两块。他那个百灵笼子在头子，鸭嘴铜钩，百灵在台子上珠子似的唱。一只好百灵。王锁匠一大早起来添食换水，铺沙，到东门外学田上溜一转。

门关着。有缝，往里看，黑曲曲的。台阶上还是缺那么两块。好像比平常高，可是狭了，得歪着一点肩膀走。门槛是个两截的。一点声音都没有。一个蜘蛛在上头结网，风吹得网鼓鼓的。

我们城里后来来了好些机器，抽水机，榨油机，碾米机。来了好些"老桂"，不知道为甚么管理机器的工头叫老桂。老桂也管修理机器。王锁匠斜对是一家米店，本来用骡子拉，后来改了，用机器。兴中公司三十二匹马力,很好。本来叫碾坊,改了名字叫了米厂了。老石碾子也在,不用了。起了一间房子,洋灰地。皮带盘,钢轴,车床,老虎钳,电磨石,螺丝洗,钢锯子,……王锁匠有兴趣极了。没有事他就溜到后头去看。老桂跟他混得很熟。老桂一个人,机器买了的时候由公司介绍跟了机器一起来的,没有一个朋友。他那一口话就没有人完全懂。他无聊极了,脾气大,动不动大发,要跟老板辞生意了。王锁匠听呀听的,他的话懂得八九成了。他试着撇着一点腔跟他攀谈,知道他许多事情,懂得他喜欢甚么,讨厌什么。米厂里人多奇怪,嘻,这个机器人跟小王聊得挺好,不晓得说些甚么,一聊一半天,指手画脚,点头磕脑!畜生也服一个人管,好了,这以后他要是再发脾气要小王跟他讲讲看。一讲,行!没事。于是只要老桂一毛了,赶紧,着人到对过叫小王。百试百验。小王把那些钳子锯子螺丝老虎渐渐的摸熟了。有时他在架子上拧,转,推,捺,老桂刁根烟卷笑眯眯的在一边看,"呱呱叫!呱呱叫!"店里哪一个人都学得像他那个"呱呱叫"。有时,机器出了毛病,老桂修,小王也挨肩跟他蹲着弄得两手黑油,一鼻子灰。机器开着,他也能拿个油壶添添油,抓一把纱衣这里那里擦擦。甚至他也在耳朵上夹一根铅笔,能够用半尺画简单的图。他有些东西借老桂的家伙做。老桂有些零件还得请他照样子配。托老桂他还订了几件简单工具,在店堂里装了起来。有一天老桂跟老板说想请假。老板慌了,赶紧叫小王来,没有甚么事情他不高兴,这一阵子他样样都满意,不是胖了吗?他说他谢谢老板,他说店里上上下下他也知道,都是好人。不过他要请假,人家家里有事情。甚么事情?——人家有个太太呀,来你们这儿两年多了,太太一个人睡!他说,回去看看,两个礼拜,就来。决不误你的事,说哪一天来就哪一天来。他的脾气,你们还不都知道?板板六十四,说一句是一句,准保,不会错。"那怎么行,怎么行!机器谁管,机器谁管!这玩意又不是骡子,不通人情,他要是发起蹶子来你又不能打他。不行,不行!""老王呱呱叫,老王可以管,老王跟我一样的

锁匠之死　113

一样的。"试验了一两天，老桂只看，不动手，老王果然弄得妥妥当当。好了，老王管！王锁匠管了两个礼拜，——果然老桂说一是一，一点没有出事。从此，老桂请假的回数就多起来，老板越来越答应得容易。他太太给他一年生一个孩子。

王锁匠实际上把他那爿铜匠店已经变成一个小工场。陆陆续续老桂帮他买。他自己也四处去趸摸，日增月累的，简直很像个样子了。他也装了一个小柴油马达，一根钢轴，小皮带，咕噜咕噜，八答八答见天的转。城里城外的老桂常上他那里坐，简直成了他们聚会的中心。他们有生意也多照顾他，要配个甚么零件，他的许多老法子老工具倒还补这个城里机械实件不足。有的地方机器发生故障也来叫他去修。他忙得很，好精神。也有不少人不叫他王锁匠，叫他"老桂"了，"王老桂"。这是一个为很多人谈论的人物了，识与不识，都羡慕他。他那两个铜苗子还放在那里，放在老地方。大大的出了名则是在那一次。保卫团的一个连长的二膛盒子不知哪里坏了，不知怎么有一次在他店里喝茶谈起来，说可惜极了，这根枪还是徐大文的。——徐大文是这一带著匪，作案之多，枪法之准，子孙徒弟之广遍，在他死后近十年还常有人谈起。王锁匠好奇，说看怎么样？他也不知道怎么给他拆开来，七锉八挫配好了！那个连长兴喜若狂，无以为谢，当场在他店前放了三枪！且让王锁匠也放三枪玩玩。这六枪！

王锁匠有一阵忽然不见了几天，后来又回来了还是一样，一样作他的事情。问他，说是乡下请他去修抽水帮浦的。后来隔这么三两个月就要出一次门。据说，哪里是下乡修水帮浦去了！乡下有水帮浦的不过是那么几处，也不能挨着个儿啊。坏，也不能尽来找他。正正经经的宅老桂有的是，要你……你个半路出家，似通不通的冒牌老桂！他啊是叫土匪摇去的，给他们修枪去了！听说他还会造。既能修，就能制！还会造砲，迫击砲！有那广大本领么？人倒是真鬼巧。嗐，用到歪路上去了？人不能聪明，聪明人就不安分，再不，难保他不会造反。这种人，甚么事情做不出来？天地君亲师，仁义理智信，一样都没有。既有今日，何必当初。当初挑个小铜匠担子，恍仓恍仓，也就不会有些朝了。人啊……真是：愚而安愚。既与土匪有来往，他就是匪，你能说他没有作过案？财迷心窍，心都横过来了，跟个挑子似的，放在桌上，嘴子朝着一边。——说起来，这几个匪也不义气，不值价，怎么就把他攀出来呢？既做了这事，怎么也不避一避？几个保卫团弟兄，走了去一搭就搭住了。没有话说，五花大绑，扎起来就走。

有的人又说，这件事内里有一桩风流案子，豆腐店那个女儿，进门寡，嫁过去没有几天，丈夫死了，在家里，哼，好不了。小王跟她有一手，米店老板也跟她有一腿子，一个钱，一个人。这就……

他那个百灵挂在保卫团团部里，只听见叫，看不见。

王　全

马号今天晚上开会。原来会的主要内容是批评王升,但是临时不得不改变一下,因为王全把王升打了。

我到这个农业科学研究所没有几天,就听说了王全这个名字。业余剧团的小张写了一个快板,叫做《果园奇事》,说的是所里单株培育的各种瓜果"大王",说道有一颗大牛心葡萄掉在路边,一个眼睛不好的工人走过,以为是一只马的眼珠子掉下来了,大惊小怪起来。他把这个快板拿给我看。我说最好能写一个具体的人,眼睛当真不好的,这样会更有效果。大家一起哄叫起来:"有!有!瞎王全!他又是饲养员,跟马搭得上的!"我说这得问问他本人,别到时候上台数起来,惹得本人不高兴。正说着，有一个很粗的，好像吵架似的声音在后面叫起来：

"没意见！"

原来他就是王全。听别人介绍，他叫王全，又叫瞎王全，又叫㥛六。叫他什么都行，他都答应的。

他并不瞎。只是有非常严重的砂眼，已经到了睫毛内倒的地步。他身上经常带着把镊子，见谁都叫人给他拔眼睫毛。这自然也会影响视力的。他的眼睛整天眯缝着，成了一条线。这已经有好些年了。因此落下一个瞎王全的名字。

这地方管缺个心眼叫"㥛"，读作"俏"。王全行六，据说有点缺个心眼，故名"㥛六"。说是，你到他的家乡去，打听王全，也许有人不知道，若说㥛六，就谁都知道的。

这话不假，我就听他自己向新来的刘所长介绍过自己：

"我从小当长工，挑水，垫圈，烧火，扫院。长大了还是当长工，十三吊大钱，五石小米！解放军打下姑姑洼,是我带的路。解放军还没站稳脚,成立了区政府,我当通讯员:区长在家,我去站岗;区长下乡,我就是区长。就咱俩人。我不识字,还是当我的长工。我这会不给地主当长工,我是所里的长工。李所长说我是国家的长工。我说不来话。你到姑姑洼去打听,一说俅六,他们都知道!"

这人很有意思。每天晚上他都跑到业余剧团来,——在农闲排戏的时候。有时也帮忙抬桌子、挂幕布,大半时间都没事,就定定地守着看,嗬嗬地笑,而且不管妨碍不妨碍排戏,还要一个人大声地议论。那议论大都非常简短:"有劲!""不差!"最常用的是含义极其丰富的两个字:"看看!"

最妙的是,我在台上演戏,正在非常焦灼,激动,全场的空气也都很紧张,他在台下叫我:"老汪,给我个火!"(我手里捏着一支烟。)我只好作势暗示他"不行!"不料他竟然把他的手伸上来了。他就坐在第一排——他看戏向来是第一排,因为他来得最早,所谓第一排,就是台口。我的地位就在台角,所以我俩离的非常近。他嘴里还要说:"给我点个火嘛!"真要命!我只好小声地说:"嘻!"他这才明白过来,又独自嘀嘀地笑起来。

王全是个老光棍,已经四十六岁了,有许多地方还跟个孩子似的。也许因为如此,大家说他俅。

不知道究竟为什么,他不当饲养员了。这人是很固执的,说不当就不当,而且也不说理由。他跑到生产队去,说:"哎!我不喂牲口了,给我个单套车,我赶车呀!"马号的组长跟他说,没用;生产队长跟他说,也没用。队长去找所长,所长说:"大概是有情绪,一时是说不通的。有这样的人。先换一个人吧!"于是就如他所愿,让他去赶车,把原来在大田劳动的王升调进马号喂马。

这样我们有时就搭了伙计。我参加劳动,有时去跟车,常常跟他的车。他嘴上是不留情的。我上车,敛土,装粪,他老是回过头来眯着眼睛看我。有时索兴就停下他的铁锨,挂着,把下巴搁在锨把上,歪着头,看。而且还非常压抑和气愤地从胸膛里发出声音"嗯!"忽然又变得非常温和起来,很耐心地教我怎么使家伙。"敛土嘛，左手胳膊肘子要靠住肐膝，肐膝往里一顶，借着这个劲，胳膊就起来了。嗳！嗳！对了！这样多省劲！是省劲不是？像你那么似的，架空着，单凭胳膊那点劲，我问你：你有多少劲？一天下来，不把你累乏了？真笨！你就是会演戏！要不是因为你会演戏呀，嗯！——"慢慢地，我干活有点像那么一回事了，他又言过其实地夸奖起我来："不赖！不赖！像不像，三分样！你能服苦，能咬牙。不光是会演戏了，能文能武！你是个好样儿的！毛主席的办法就是高，——叫你们下来锻炼！"于是叫我休息，他一个人干。"我多上十多锨，就有了你的了！当真指着你来干活哪！"这是不错的。他的铁锨是全所闻名的，特别大，原来铲煤用的洋锨，而且是个大号的，他拿来上车了。一锨能顶我四锨。他叫它"跃进锨"。他那车也有点特别。这地方的大车，底板有四块是活的，前两块，后两块。装粪装沙，到了地，铲去一些，把这四块板一抽，就由这里往下拨拉。他把他的车底板全部拆成活的，到了地，一抽，哗拉——整个就漏下去了。这也有了名儿，叫"跃进车"。靠了他的跃进车和跃进锨，每天我们比别人都能多拉两趟。因此，他就觉得有权力叫我休息。我不肯。他说："嗐！这人！叫你休息就休息！怕人家看见，说你？你们啊，老是怕人说你！不怕！该咋的就是咋的！"他这个批评实在相当尖刻，我就只好听他，在一旁坐下来，等他三下五除二把车装满，随他一路唱着："老王全在大街扬鞭走马！"回去。

他的车来了，老远就听见！不是听见车，是听见他嚷。他不大使唤鞭子，除非上到高顶坡上，马实在需要抽一下，才上得去，他是不打马的。不使鞭子，于是就老嚷：

"喔喝！喔喝！咦喔喝！"

还要不停地跟马说话，他说是马都懂的。絮絮叨叨，没完没了。本来是一些只能小声说的话，他可是都是放足了嗓子喊出来的。——这人不会小声说话。这当中照例插进许多短短的亲热的野话。

有一回，从积肥坑里往上拉绿肥。他又高了

兴，跃进锹多来了几锹，上坑的坡又是高的，马怎么也拉不上去。他拼命地嚷：

"喔喝！喔喝！咦喔喝！"

他生气了，拿起鞭子。可忽然又跳在一边，非常有趣地端详起他那匹马来，说：

"笑了！噫！笑了！笑啥来？"

这可叫我忍不住噗嗤笑了。马哪里是笑哩！它是叫嚼子拽的在那里咧嘴哩！这么着"笑"了三次，到了也没上得去。最后只得把装到车上去的绿肥，又挖出一小半来，他在前头领着，我在后面扛着，才算上来了。

他这匹马，实在不怎么样！他们都叫它青马，可实是灰不灰白不白的。他说原来是青的，可好看着哪！后来就变了。灰白的马，再搭上红红的眼皮和嘴唇，总叫我想起吉诃德先生，虽然我也不知道吉诃德先生的马到底是什么样子的。他说这是一匹好马，干活虽不是太顶事，可是每年准下一个驹。

"你想想，每年一个！一个骡子一万二，一个马，八千！他比你和我给国家挣的钱都多！"

他说它所以上不了坡，是因为又"有"了。于是走一截，他就要停下来，看看马肚子，用手摸，用耳朵贴上去听。他叫我也用手放在马的后胯上部，摸，——我说要摸也是肚子底下，马怀驹子怎么会怀到大腿上头来呢？他大笑起来，说："你真是外行！外行！"好吧，我就摸。

"怎么样？"

"热的。"

"见你的鬼！还能是凉的吗？凉的不是死啦！叫你摸，——小驹子在里面动哪！动不动？动不动？"

我只好说："——动。"

后来的确连看也看出小驹子在动了，他说得不错。可是他最初让我摸的时候，我实在不能断定到底摸出动来没有；并且连他是不是摸出来了，我也怀疑。

我问过他为什么不当饲养员了，他不说，说了些别的话，片片段段的，当中又似乎不大连得起来。

他说马号组的组长不好。什么事都是个人逞能，不靠大伙。旗杆再高，还得有两块石头夹着；一个人再能，当不了四堵墙。

可是另一时候，我又听他说过组长很好，使牲口是数得着的，这一带地方也找不出来。又会修车，小小不言的毛病，就不用拿出去，省了多少钱！又说他很辛苦，晚上还老加班，还会修电灯，修水泵……

他说，每回评先进工作者，红旗手，光凭嘴，净评会说的，评那会做在人面前的。他就是看不惯这号人！

他说，喂牲口是件操心事情。要熬眼。马无夜草不肥，要把草把料。——勤倒勤添，一把草一把料地喂。搁上一把草，撒上一层料，有菜有饭地，它吃着香。你要是不管它，哗啦一倒，它就先尽吃料，完了再吃草，就不想了！牲口嘛！跟孩子似的，它懂个屁事！得一点一点添。这样它吃完了还想吃，吃完了还想吃。跟你似的，给你三大碗饭，十二个馒头，都堆在你面前！还是得吃了一碗再添一碗。马这东西也刁得很。也难怪。少搁，草总是脆的，一嚼，就酥了。你要是搁多了，它的鼻子喷气，把草疙节都弄得蔫筋了，它嚼不动。就像是脆锅巴，你一咬就酥了；要是蔫了，你咬得动么——咬得你牙疼！嚼不动，它就不吃！一黑夜你就老得守着侍候它，甭打算睡一点觉。

说，咱们农科所的牲口，走出去，不管是哪里，人们都得说："还是人家农科所的牲口！"毛色发亮，屁股蛋蛋都是圆的。你当这是简单的事哩！

他说得最激动的是关于黑豆。他说得这东西简直像是具有神奇的效力似的。说是什么东西也没有黑豆好。三斗黄豆也抵不上一斗黑豆，不管什么乏牲口，拿上黑豆一催，一成黑豆，三成高粱，包管就能吃起来，可是就是没有黑豆。

"每年我都说，俺们种些黑豆，种些黑豆。——不顶！"

我说："你提意见嘛！"

"提意见？哪里我没有提过意见？——不顶！马号的组长！生产队！大田组！都提了，——不顶！提意见？提意见还不是个白！"

"你是怎么提意见的？一定是也不管时候，也不管地方，提的也不像是个意见。也不管人家是不是在开会，在算账，在商量别的事，只要你猛然想起来了，推门就进去：'哎！俺们种点黑豆啊！'没头没脑，说这么一句，抹头就走！"

"咦！咋的？你看见啦？"

"我没看见，可想得出来。"

他笑了。说他就是不知道提意见还有个什么方法。他说，其实，黑豆牲口吃了好，他们都知道，生产队，大田组，他们谁没有养活过牲口？可是他们要算账。黄豆比黑豆价钱高，收入大。他很不同意他们这种算账法。

"我问你，是种了黄豆，多收入个几百元——嗯，你就说是多收入千数元，上算？还是种了黑豆，牲口吃上长膘、长劲，上算？一个骡子一万二！一个马八千！我就是算不来这种账！嗯！哼，我可知道，增加了收入，这笔账算在他们组上，喂胖了牲口，算不到他们头上！就是这个鬼心眼！我俅，这个我可比谁都明白！"

他越说越气愤，简直像要打人的样子。是不是他的不当饲养员，主要的原因就是不种黑豆？看他那认真、执著的神情，好像就是的。我对于黄豆、黑豆，实在一无所知，插不上嘴，只好说："你要是真有意见，可以去跟刘所长提。"

"他会管么？这么芝麻大的事？"

"我想会。"

过了一些时，他真的去跟刘所长去提意见了。这可真是一个十分新鲜、奇特、出人意料的意见。不是关于黄豆、黑豆的，要大得多。那天我正在刘所长那里。他一推门，进来了：

"所长，我提个意见。"

"好啊，什么意见呢？"

"我说，我给你找几个人，把咱们所里这点地包了：三年，我包你再买这样一片地。说的！过去地主手里要是有这点地，几年工夫就能再滚出来一片。咱们今天不是给地主做活，大伙全泼上命！俺们为什么还老是赔钱，要国家十万八万的往里贴？

不服这口气。你叫他们别搞什么试验研究了，赔钱就赔在试验研究上！不顶！俺们祖祖辈辈种地，也没听说过什么试验研究。没听说过，种下去庄稼，过些时候，拔起来看看，过些时候，拔起来看看。可倒好，到收割的时候倒省事，地里全都光了！没听说过，还给谷子盖一座小房！你就是试验成了，谁家能像你这么种地啊？嗯！都跑到谷地里盖上小房？瞎白嘛！你要真能研究，你给咱这所里多挣两个。嗯！不要国家贴钱！嗯！我就不信技师啦，又是技术员啦，能弄出个什么名堂来！上一次我看见咱们邵技师锄地啦，哈哈，老人家倒退着锄，就凭这，一个月拿一百多，小二百？赔钱就赔在他们身上！正经！你把地包给我，莫让他们胡糟践！就这个意见，没啦！"

刘所长尽他说完，一面听，一面笑，一直到"没啦"，才说：

"你这个意见我不能接受。我们这个所里不要买地。——你上哪儿去给我买去啊？咱们这个所叫什么？——叫农业科学研究所。国家是拿定主意要往里赔钱的，——如果能少赔一点，自然很好。咱们的任务不是挣钱。倒退着锄地，自然不太好。不过你不要光看人家这一点，人家还是有学问的。把庄稼拔起来看，给谷子盖房子，这些道理一下子跟你说不清。农业研究，没有十年八年，是见不出效果的。但是要是有一项试验成功了，值的钱就多啦，你算都算不过来。我问你，咱们那一号谷比你们原来的小白苗是不是要打得多？"

"敢是！"

"八个县原来都种小白苗，现在都改种了一号谷，你算算，每年能多收多少粮食？这值到多少钱？咱们要是不赔钱呢，就挣不出这个钱来。当然，道理还不只是赔钱、挣钱。我要到前头开会去，就是讨论你说的拔起庄稼来看，给谷子盖小房这些事。你是个好人，是个'忠臣'，你提意见是好心。可是意见不对。我不能听你的。你回去想想吧。王全，你也该学习学习啦。听说你是咱们所里的老文盲了。去年李所长叫你去上业余文化班，你跟他说：'我给你去拉一车粪吧'是不是？叫你去上课，你宁愿套车去拉一车粪！今年冬天不许再溜号啦，从'一'字学起，从'王全'两个字学起！"

刘所长走了，他指指他的背影，说：

"看看！"

一缩脑袋，跑了。

这是春天的事。这以后我调到果园去劳动，果园不在所部，和王全见面说话的机会就不多了。知道他一直还是在赶单套车，因为他来果园送过几回粪。等到冬天，我从果园回来，看见王全眼睛上蒙着白纱布，由那个顶替他原来职务的王升领着。我问他是怎么了，原来他到医院开刀了。他的砂眼已经非常严重，是刘所长逼着他去的，说公家不怕花这几个钱，救他的眼睛要紧。手术很成功，现在每天去换药。因为王升喂马是夜班，白天没事，他俩都住在马号，所以每天由王升领着他去。

过了两天，纱布拆除了，王全有了一双能够睁得大大的眼睛！可是很奇怪，他见了人就抿着个大嘴笑，好像为了眼睛能够睁开而怪不好意思似的。他整个脸也似乎清亮多了，简直是年轻了。王全一

定照过镜子,很为自己的面容改变而惊奇,所以觉得不好意思。不等人问,他就先回答了:

"敢是,可爽快多了,啥都看得见,这是一双眼睛了。"

他又说他这眼不是大夫给他治的,是刘所长给他治的,共产党给他治的。逢人就说。

拆了纱布,他眼球还有点发浑,刘所长叫他再休息两天,暂时不要出车。就在这两天里,发生了这么一场事,他把王升打了。

王升到所里还不到三年。这人是个"老闷",平常一句话也不说。他也没个朋友,也没有亲近一点的人。虽然和大家住在一个宿舍里,却跟谁也不来往。工人们有时在一起喝喝酒,没有他的事。大家在一起聊天,他也不说,也不听,就是在一边坐着。他也有他的事,下了班也不闲着。一件事是鼓捣吃的。他食量奇大,一顿饭能吃三斤干面。而且不论什么时候,吃过了还能再吃。甜菜、胡萝卜、蔓菁疙瘩、西葫芦,什么都弄来吃。这些东西当然来路都不大正当。另一件事是整理他的包袱。他床头有个大包袱。他每天必要把它打开，一件一件地反复看过，折好，——这得用两个钟头，因此他每天晚上一点都不空得慌。整理完了，包扎好，挂起来，老是看着它，一直到一闭眼睛，立刻睡着。他真能置东西！全所没一个能比得上，别人给他算得出来，他买了几床盖窝，一块什么样的毛毯，一块什么线毯，一块多大的雨布……他这包袱逐渐增大。大到一定程度，他就请假回家一次。然后带了一张空包袱皮来，再从头攒起。他最近做了件叫全所干部工人都非常吃惊的事：一次买进了两件老羊皮袄，一件八十，另一件一百七！当然，那天立刻就请了假，甚至没等到二十八号。

二十八号，这有个故事。这个所里是工资制，双周休息，每两周是一个"大礼拜"。但是不少工人不愿意休息，有时农忙，也不能休息。大礼拜不休息，除了工资照发外，另加一天工资，习惯叫做"双工资"。但如果这一个月请假超过两天，即使大礼拜上班，双工资也不发，一般工人一年难得回家一两次，一来一去，总得四五天，回去了就准备不要这双工资了。大家逐渐发现，觉得非常奇怪：王升常常请假，一去就是四天，可是他一次也没扣过双工资。有人再三问他，他嘻嘻地笑着，说，"你别去告诉领导，我就告诉你。"原来：他每次请假都在二十八号（若是大尽就是二十九）！这样，四天里头，两天算在上月，两天算在下月，哪个月也扣不着他的双工资。这事当然就传开了。凡听到的，没有个不摇头叹息：你说他一句话不说，他可有这个心眼！——全所也没有比他更精的了！

他吃得多，有一把子傻力气，庄稼活也是都拿得起的。要是看着他，他干活不比别人少多少。可是你哪能老看着他呢？他呆过几个组，哪组也不要他。他在过试验组。有一天试验组的组长跟他说，叫他去锄锄山药秋播留种的地，——那块地不大，一个人就够了。晌午组长去检查工作，发现他在路边坐着，问他，他说他找不到那块地！组长气得七窍生烟，直接跑到所长那里，说："国家拿了那么多粮食，养活这号后生！在我组里干了半年活，连哪块地在哪里他都不知道！吃粮不管闲事，要他作啥哩！叫他走！"他在稻田组呆过。插秧的时候，近晌午，快收工了，组长一看进度，都差不多。他那一畦，再有两行也齐了，就说钢厂一拉汽笛，就都上来吧。过了一会，拉汽笛了，他见别人上了，也立刻就上来到河边去洗了腿。过了两天，组长去一看，他那一畦齐刷刷地就缺了方桌大一块！稻田组长气得直哼哼。"请吧，你老！"谁也不要，大田组长说："给我！"这大田组长出名地手快，他在地里干活，就是庄户人走过，都要停下脚来看一会的。真是风一样的！他就老让王升跟他一块干活。王升也真有两下子，不论是锄地、撒粪……拉不下多远。

一晃，也多半年了，大田组长说这后生不赖。大家对他印象也有点改变。这回王全不愿喂牲口了，不知怎么就想到他了。想是因为他是老闷，不需要跟人说话，白天睡觉，夜里整夜守着哑巴牲口，有这个耐性。

初时也好。慢慢地，车倌就有了意见，因为牲口都瘦了。他们发现他白天搞吃的，夜里老睡觉。

喂牲口根本谈不上把草把料，大碗儿端！最近，甚至在马槽里发现了一根钉子！于是，生产队决定，去马号开一个会，批评批评他。

这钉子是在青马的槽里发现的！是王全发现的。王全的眼睛整天蒙着，但是半夜里他还要瞎戳戳地摸到马圈里去，伸手到槽里摸，把蔫筋的草节拨出去。摸着摸着，他摸到一根冰凉铁硬的，——放到嘴里，拿牙咬咬：是根钉子！这王全浑身冒火了，但是，居然很快就心平气和下来。——人家每天领着他上医院，这不能不起点作用。他拿了这根钉子，摸着去找到生产队长，说是无论如何也得"批批"他，这不是玩的！往后筛草，打料一定要过细一点。

前天早上反映的情况，连着两天所里有事，决定今天晚上开会。不料，今天上午，王全把王升打了，打得相当重。

原来王全发现，王升偷马料！他早就有点疑心，没敢肯定。这一阵他眼睛开刀，老在马号里呆着，仿佛听到一点动响。不过也还不能肯定。这两天他的纱布拆除了,他整天不出去,原来他随时都在盯着王升哩。果然,昨天夜里,他看见王升在门背后端了一大碗煮熟的料豆在吃!他居然沉住了气,没有发作。因为他想:单是吃,问题还不太大。今天早上,他乘王升出去弄甜菜的时候,把王升的大枕头拆开:——里面不是塞的糠皮稻草,是料豆!一不做二不休,翻开他那包袱,里边还有一个枕头,也是一枕头的料豆。——本来他带了两个特大的枕头,却只枕一个;每回回去又都把枕头带回去,这就奇怪。"嗯!"王全把他的外衣脱了,等着。王升从外面回来,一看,包袱里东西摊得一床,枕头拆开了;再一看王全那神情,连忙回头就跑。王全一步追上,大拳头没头没脑地砸下来,打得王升孩子似地哭,爹呀妈的乱叫,一直到别人闻声赶来,剪住王全的两手,才算住。——王升还没命地嚎哭了半天。

这样,今天的会的内容不得不变一下,至少得增加一点。

但是改变得也不多。这次会是一个扩大的会,除了马号全体参加外，还有曾经领导过王升的各个组的组长，和跟他在一起干过活的老工人。大家批评了王升，也说了王全。重点还是在王升，说到王全，大都是带上一句：——"不过打人总是不对的，有什么情况，什么意见，应当向领导反映，由领导来处理。"有的说："牛不知力大，你要是打他打坏了怎办？"也有人联系到年初王全坚决不愿喂马，这就不对！关于王升，可就说起来没完了。他撒下一块秧来就走这一类的事原来多着哩，每个人一说就是小半点钟！因此这个会一直开到深夜。最后让王升说话。王升还是那样，一句话没有，"说不上来。"再三催促，还是"说不上来。"大家有点急了，问他："你偷料豆，对不对？"——"不对。""马草里混进了钉子，对不对？"——"不对。"……看来实在挤不出什么话来了，天又实在太晚，明天还要上班，只好让王全先说说。

"嗯！我打了他，不对！嗯！解放军不兴打人，打人是国民党。嗯！你偷吃料豆，还要往家里拿！你克扣牲口。它是哑巴，不会说话，它要是会说话，要告你！你剥削它，你是资本家！是地主！你！你故意拿钉子往马槽里放，你安心要害所里的牲口，国家的牲口！×你娘的！你看着你把俩牲口喂成啥样子？×你娘！×你娘！"

说着，一把揪住王升，大家赶紧上来拉住，解开，才没有又打起来。这个会暂时只好就这样开到这里了。

过了两天，我又在刘所长那里碰见他。还是那样，一推门，进来了，没头没脑：

"所长，我提个意见。"

"好啊。"

"你是个好人，是个庄户佬出身！赶过个车，养活过个牲口！你是好人！是个共产党！你如今又领导这些技师啦技术员的，他们都服你——"

看见有我在座，又回过头来跟我说：

"看看！"

这是怎么一回事呢？原来所里在拟定明年的种植计划，让大家都来讨论，这里边有一条，是旱地二号地六十亩全部复种黑豆！

一边说着，一边把他的衣兜往桌上一掀，倒得一桌子都是花生。非常腼腆地说：

"我侄儿子给我捎来五斤花生"。

说完了抹头就走。

刘所长叫住他：

"别走。你把人家打了，怎么办呢？"

"我去喂牲口呀。"

"好。把你的花生拿去，——我不'剥削'你！人家是给你送来的！"

王全赶紧拉开门就跑，头都不回，生怕刘所长会追上来似的。——后来，这花生还是刘所长叫他的孩子给他送回去了。

过了一个多月，所里的冬季文化学习班办起来，王全来报了名，是刘所长亲自送他来上学的。我有幸当了他的启蒙老师。可是我要说老实话，这个学生真不好教，真也难怪他宁可套车去拉一车粪。他又不肯照着课本学，一定先要教他学会四个字。他用铅笔写了无数遍，终于有了把握了，就把我写对子用的大抓笔借去，在马圈粉墙上写下四个斗大的黑字：

"王全喂马。"

字的笔划虽然很幼稚，但是写得恭恭正正，一笔不苟。谁都可以看出来，这四个字包含很多意思，这是一个人一辈子的誓约。

王全喂了牲口，生产队就热闹了。三天两头就见他进去：

"人家孩子回来，也不吃，也不喝，就是卧着，这是使狠了，累乏了！告他们，不能这样！"

"人家孩子快下了，别叫它驾辕了！"

"人家孩子"怎样怎样了……

我在这个地方呆了一些时候了，知道这是这一带的口头语，管小猫小狗、小鸡小鸭，甚至是小板凳，都叫做"孩子"。但是这无论如何是一种爱称。尤其是王全说起来，有一种特殊的味道。那么高大粗壮的汉子，说起牲口来，却是那么温柔。

我离开这个农业科学研究所已经好几个月了，王全一直在喂马。现在，在我写这篇文章的时候，他就正在喂马。夜已经很深了，这会，全所的灯都一定已经陆续关去，连照例关得最晚的刘所长和邵技师的屋里的灯也都关了。只有两处的灯还是亮着的。一处是大门外植保研究室的诱捕灯，这是通夜不灭的，现在正有各种虫蛾围绕着飞舞。一处是马圈。灯光照见槽头一个一个马的脑袋。它们正在安静地、严肃地咀嚼着草料。时不时的，喷一个响鼻，摇摇耳朵，顿一顿蹄子。俅六——王全，正在夹着料笸箩，弯着腰，无声地忙碌着，或者停下来，用满怀慈爱的、喜悦的眼色，看看这些贵重的牲口。

王全的胸前佩着一枚小小的红旗，这是新选的红旗手的标志。

"看看！"

一九六二年五月二十日夜二时

塞下人物记

一、陈银娃

农民大都能赶车,但不是所有的农民都能当一个出色的车倌。

星期天,有三辆马车要到片石山去拉石头。我那天没有什么事,就提出跟他们的车到片石山看看。我在这个地方住了一年多了,每天上午十一点半,下午五点半,都听见片石山放炮。风雨无阻,准时不误。一直想去看看。片石山就是采石场。不知道为什么本地人都叫它片石山。

马车一进山,不由得人要挺挺胸脯,深吸一口气。这是个雄壮的地方。采石的山头已经劈去了半个，露出扇面一样的青灰色的石骨，间或有几条铁锈色蜿蜒的纹道。这石骨是第一次接触空气呀。人，是了不起的。一个老把式正在清除残石。放了炮，并不是所有的石头都崩落下来，有一些仍粘连在石壁上。老把式在腰里系了一根粗绳，绳头固定在山顶，他悬在半空，拿了一根钢钎，这里捅一下，那里戳一下，——轰隆！门板大的石块就从四五层楼那样的高处落到地面。

这是个石头的世界。到处是石头。

好些人在干活，搬运石头。他们把石头按大小块分别堆放。这些石头各有不同用处。大的可制碾盘、磨扇，重量都在千斤以上。有两个已经斫好的石磨就在旁边搁着。中等的有四五百斤，可做阶石、刻墓碑。小块的二三十斤、四五十斤不等，砌墙，垒堤坝。搬运石头，没有工具。四五百斤，就是搁在后腰上背着，——有的垫一条麻袋。他们都是不出声地，慢慢地，一步一步地走着。不唱歌，也不喊号子。那么多的人在活动，可是山里静悄悄的。

三辆大车装满了石头，——都是小块的。下山的路，车走得很快。三辆三套大车，前后相跟，九匹马，三十六只马蹄，郭答郭答响成一片，很威风，很气派。忽然，头一辆车"误"住了。快到平地时，有一个坑。前天下过雨，积水未干。不知道是谁，拿浮土把它垫了。上山是空车，不觉得。下山是重载，一下子崴在里面了。

车倌是个很精干，也很要强的小伙子。叭——叭！接连抽了几鞭子，——没上来。他跳下车，拿铁锹把胶皮轱辘前面的土铲去一些，上车又是几鞭子。"哦嗬！——咦哦嗬！"不顶！车倌的脸通红，"咳！我日你妈！"手里的鞭子抽得山响，辕马和拉套的马一齐努力，马蹄子乱响，噼哩叭啦！噼哩叭啦！还是不顶！越陷越深，车身歪得厉害，眼见得这辆车要"扣"。第二辆车上的是个老车倌，跳下来，到前面看了看，说："卸吧！"

这一车石头，卸下来，再装上，得多少时候？正在这时，第三辆上的车倌高声喊道："陈银娃来啦！"

我听人们说起过陈银娃，没见过。

陈银娃是个二十五六的小伙子，眉清目秀，穿了一件大红牡丹花的"腰子"，布衫搭在肩头。——这一带夏天一天温差很大，"早穿皮袄午穿纱"，男人们兴穿一种薄棉的紧身背心，叫做"腰子"。"腰子"的布料都很鲜艳。六七十岁的老汉也穿红的，年轻人就不用提了。像陈银娃穿的这件大红牡丹花的"腰子"，并非罕见。

老车倌跟银娃说了几句话。银娃看了看车上的石头，说："你们真敢装！这一车够四千八百斤！"又看了看三匹马，称赞道："好牲口！"然后掏出烟袋，点了一锅烟，说：牲口打毛了，它不知道往哪里使劲，让它缓一缓。

三锅烟抽罢，他接过鞭子，腾地跳上车辕，甩了一个响鞭，"叭——！"三匹牲口的耳朵都竖得直直的。"喔嗬！"辕马的肌肉直颤。紧接着，他照着辕马的两肩之间狠抽了一鞭，辕马全身力量都集中在两只前腿上，往前猛力一蹬，挽套的马就势往前一冲，——车上来了。

他跳下车,把鞭子还给车倌。

三个车倌同声向他道谢,"嗳!谢啥咧!"他已经走进了高粱地。只见他的黑黑的头发和大红牡丹花的"腰子"在油绿油绿的高粱丛中一闪一闪,走远了。

老车倌告诉我,陈银娃赶车是家传,他父亲就是一个有名的车倌。有人曾经跟他打赌:那人戴了一顶毡帽,银娃的父亲一鞭子抽过去,毡帽劈成了两半,那人的头皮却纹丝未动。

也有人说,没有那么回事。

二、王大力

小车站有个搬运队,有二十几个人。他们搬运的东西主要是片石山下来的石头。车站两边的月台上经常堆满了石料。他们每天要把四五百斤一块的石头,一块一块地背上火车去。他们也是那样不声不响地工作着,迈着稳稳的步子,一步一步走上月台和车厢之间的跳板。

他们的宿舍就在离车站不远的路边。夏天中午路过时,可以看到他们半躺在铺上休息,有的在抽烟。他们似乎在休息时也是不声不响的。

有时有一个女人上他们宿舍来。她带着一个包袱,打开来,把拆洗缝补好的衣服分送给几个人;又收走一些换下来的衣服。这个女人也不说话,也是那么不声不响的。搬运工人对她好像很尊重。她来了,躺着的就都坐起来。这女人有五十上下年纪。

有人告诉我,这是王大力的媳妇。

王大力也是个搬运工,前五年死了。

大家都叫他王大力,没有多少人知道他的真名字。

离车站二里有一个扬旗。扬旗对面有一座孤山头,人们就叫它孤山。——这一带的山都是当地人依山的形貌取的名字,如孤山、红山、马脊梁山。孤山不算很高,不过爬到山顶,周围几十里都看得清清楚楚。我曾经上去过。空着手也不能一口气走到山顶，当中总得歇一会。有人跟王大力打赌，问他能不能扛三麻袋绿豆一口气上山。粮食里最重的是绿豆。一麻袋绿豆二百七十斤。三麻袋，八百多斤。王大力一口气扛上去了，跟没事似的。

他吃两个人的饭，干三个人的活。

有一次，火车过了扬旗，已经拉了汽笛，王大力发现，轨道上有一堆杉篙，——不知道这是谁干的事。他二话没说，跳下月台，一手抓起一根，乒乒乓乓往月台上扔。最后一根杉篙扔上去，火车到了。他爬上月台，脱了力，瘫下来，死了。

火车一阵风似的开过去了，谁也不知道车站上发生过什么事。

他留下一个媳妇，一个儿子。现在，他原先的同伴共同养活着他的家属。他们按月凑齐了钱，给他的老伴送去。她就给这些搬运工缝缝补补，洗洗涮涮。

孤山下有两间矮矮的房子，碱土抹墙，青瓦盖顶，房顶上爬着瓜藤。有人指给我看："那就是王大力的家。"

人们每年都要念叨："王大力死了三年了""王大力死了四年了""王大力死了五年了"……

三、说话押韵的人

我要到宁远铁厂的仓库去办一点事，找一个捡粪的老人问路。他告诉我：起这里一直往东，穿过一片大叶桑树。多会看见地皮通红，不远就是铁厂仓库。我道了谢，往前走。忽然发现：嗯？这人说话是押韵的？

这人有六十开外年纪，还一点不显衰老。他是一个退休的工人，现在的任务是看守着一堆焦炭。这堆焦炭是大炼钢铁的时候存下来的。不老少，像一座小山。不知道为什么，一直不处理，也不运走，一直就在一片空地上放着。从夏天到冬天，一直放着。

他就在路边一间泥墙瓦顶的房子里住着，一个人。这间房子原是大炼钢铁时的指挥所，现在还可以看到贴在墙上的褪了色的标语。

他是个不安于闲坐的人，不常在家。但是你可以走进去，一切自便。门锁着，熟人都知道钥匙藏在什么地方。口渴了，喝水。他随时都温着一大锅开水。天气冷，可以烧一把豆秸火烤烤。甚至还可以掏出几个山药放在火里烤熟了吃。山药就在麻袋里放着，放在一个显眼的地方，敞着口。

他每天出去巡视几遍，看看那一堆焦炭。其余时间，多半是去捡粪。

不远的田地上矗立着一排一排土高炉，整整齐齐，四四方方。再过三五年，没有见过大炼钢铁的盛景的年轻人将会不知道这些黄土筑成的方形建筑物是干什么用的。也许会以为这是古代一场什么战争留下的遗物。——这地方是李克用的故乡，说不定有一个考古学家会考证出这跟沙陀国有关。当年，这个地方曾经是炉火通红，照亮了半个天，——吓得几十里之内的狼都把家搬进深山里去了。现在呢，这些上高炉已经无声无息。里面毫无例外，全都结了一层厚厚的焦子。焦子结实得很。

刨不动，凿不开。除非用炸药才能把它炸碎。可是谁也没想起用炸药来炸它。因此，在这片本来是好地的田野上就一直保留着一群古迹。这些古迹有一个很大的优点，既避风，走进去外面又看不见，于是就变成过往行人的一个合乎理想的厕所。这个退休工人每天就到高炉里去捡粪，在那座焦炭山旁边堆成了另一座山。这座粪山高到一定程度，他就通知公社套车来把它拉走。

我和别人到他的小屋里去过几次，喝过水，烤过火，都没有见到他。人们告诉我，他只有三顿饭时在家。

冬天，我又和别人路过他的家，他在。那是前半晌，他已经在做饭了。我说："这么早就做饭？"别人说："他到冬天都是吃两顿。"他把小米饭焖上，说：

三顿饭一顿吃两碗；
两顿饭一顿吃三碗。
算来算去一边儿多，

就是少抓一遍儿锅。

人们告诉过我,这人说话从来就是这样,张口就押韵。我活到这么大,还没有遇见过一个说话全部押韵的人。莫里哀喜剧里的汝尔丹说了四十年散文,此人说了六十年韵文!

他的韵押得还很精巧。不是一韵到底,是转韵的。而且很复杂。除了两个"碗"字互押,"多"与"锅"押;"一边儿""一遍儿"也是相押的。节奏也很灵活,不是像快板或是戏曲,倒像是口语化的新诗。他说话还有个特点,很形象。结构方法也和一般人不一样。

这个人并不爱滑稽逗乐,平常连话也不多,就是说起话来就押韵,真怪!

四、乡下的阿基米德

阿基米德,古希腊学者。生于叙拉古。曾

发现杠杆定律和阿基米德定律，确定许多物体的表面积和体积的计算方法，并设计了多种机械和建筑物。罗马进犯叙拉古时，他应用机械技术来帮助防御，城破时被害。

——《辞海》

此人可以说是其貌不扬。长脸，很长。鼻子下面的人中也特别的长。他有两个特点。一个是脾气好。多会也没见他和人红过脸嚷嚷过。不论是开会，是私底下，他总是慢条斯理的说话，脸上带着笑，眯缝着眼，有一点结巴，不厉害。他不是随风倒的人，凡事自有主见。但是表达的方式很含蓄，很简短。对某人的行为不以为然，只是说："看看！——这人！"对某种意见不同意，只是说："嗯！——说的！"因此得了个外号：老蔫。另一个特点是：内秀。

他是这个农业科学研究所的老工人了。主要工作是管理马铃薯实验田，但这只是相对固定。哪里需要人，他就被调去。大田、果园、菜园、都干过。粉房的师傅请假回家探亲,他去漏几天粉。酒厂的师傅病了,他去烧两锅。过年杀猪,那是他的活。骡马得了小病,不用送兽医院,他会扎针。他是个好木匠,能开料,能算工。什么地方开农具革新展览会,所里总是派他去。回来后,不用图纸,两三天内,他就能照样鼓捣出几件。

他有一对好耳朵,一个好记性。不论什么乐器,凡是他见过的,他都能摆弄,甭管是横的,竖的,吹的,拉的,弹的。他不识谱,一般的曲子,他听两遍,就能背下来。所里有个李技师,业余爱拉小提琴。这玩意工人们没有见过,给它起了个名儿,叫"歪脖拉"。他很爱这洋乐器,常常到李技师屋里去看他拉,听他拉。有一次李技师被所长请去研究问题。回来时听见有人在他屋里拉他常拉的练习曲。心想:这是谁呀?推门一看,是他!李技师当时目瞪口呆了半天。

为了旱涝保收,所里决定冬天打井。没有人会。派他到公社打井队住了一个星期,回来,支起架子就开工了。两个冬天,打出了八口井。再打两口,就完成了计划，打井不能打打停停，因此得三班倒。为了提高效率，搞了竞赛，逐日公布各班进度。在手的这口井已经打穿了沙层，打到石层了，一两天就能出水了。井筒、油毡都已经准备好，净等着敲锣打鼓报喜了。打到石层，可就费劲了。一班出不了多少活。夜班的带班的是个干部。他搞了点物质刺激，说是拿下多少进度，他买五包牡丹烟请客。这一下，哥儿几个玩了命，而且违反了操作规程，该起锥时不起锥，该灌泥浆时不灌，一个劲地把井锥往下砸。——一下把个井锥夹住了，起不出来了。全班十二个棒小伙子鼓楸了多半夜，人人汗透了棉袄，这井锥像是生了根，动都不动，他娘的！

　　天亮了，全所的干部、工人轮流来看过，出了很多主意，全都不解决问题，锥还是一动不动。大家都很丧气。得！费了半个月，四百四十个工，还扔了一个崭新的火箭锥，这口井报废了。

　　老蔫来看了看，围着井转了几圈，坐下来愣了半天神。后响，他找了几个工人，扛来三十来根杉篙，一大捆粗铁丝。先在井架四角立了四根柱子，然后把杉篙横一根竖一根用铁丝绑紧,一头绑在锥杆上,一头坠了一块千数来斤重的大石头。都弄完了,天已经擦黑了。他拍拍手,对几个伙计说:"走!吃饭!饿了!"工人们走来,看看这个奇形怪状的杉木架子,都纳闷:"这是闹啥咧?"我也来看了看,心里有点明白。凭我那点物理学常识,我知道这是一套相当复杂的杠杆。

天刚刚亮,一个工人起来解手,大声嚷嚷起来:"嗨!起来啦!井锥起来啦!"

老鴰来看看,没有说什么话。还跟平常一样,扛着铁锹下地,脸上笑眯眯的。

按说,他够当一个劳模。几年来的评选会上,工人们都提了他。但是领导不同意。原因很简单:他不是党员。

五、俩老头

郭老头、耿老头,俩老头。这两个老头,从前面看，像五十岁；从后面看像三十岁，他们今年都已经做过七十整寿了。身体真好！郭老头能吃饭。斤半烙饼卷成一卷，攥在手里，蘸一点汁，几口就下去了。他这辈子没有牙疼过。耿老头能喝酒。他拿了茶碗上供销社去打酒，一手接酒，一手交钱。售货员找了钱给他，他亮着个空碗："酒呢？"售货员有点恍惚：记得是打给他了呀？——售货员低头数钱的功夫，二两酒已经进了他的肚了。俩老头非常"要好"，——这地方的方言，"要好"是爱干净爱整齐的意思。不论什么时候，上唇的胡子平斩乌黑，下巴的胡子刮得溜光。浑身的衣服，袖子是袖子，领子是领子，一个纽扣也不短。俩老头还都爱穿靸鞋，斜十字实纳帮，皮梁、薄底，是托人在北京步云斋买的。这种鞋过去是专门卖给抬轿的轿夫穿的，后来拉包月车的车夫也爱穿，抱脚，精神！俩老头焦不离孟，孟不离焦。年下办年货，一起去；四月十八奶奶庙庙会，一起去；开会，一起到场；送人情出份子，一起进门。生产队有事找他们，队长总是说："去！找找俩老头！""俩老头"不是"两个老头"的意思，是说他们特别亲密的关系。类似"哥俩""姐俩"。按说应该叫他们"老头俩"，不过没有这么说话的，所以人们只能叫他们"俩老头"。

两个老头现在都是生产队的技术顾问。郭老头精通瓜菜，也懂大田；耿老头精通大田，也懂瓜菜。

两个人的身世可不一样。

我第一次遇见郭老头是在一个卖老豆腐的小饭铺里。他坐在我对面，我对他看了又看，总觉得他脸上有点什么地方和别人不大一样。他看着我，知道我心里琢磨什么，搭了碴："耳朵。"可不是！他的耳朵没有耳轮。"你拿牙咬咬！"那可不行，哪能咬人的耳朵呢！"那你用手撕撕！"我也没有撕，倒真用手指头捏了捏：他的耳朵是棒硬的！——"这是摔跤的褡裢磨出来的。"

他告诉我，他不是此地人，是北京人，——他说的是一口地道北京话。安定门外住家，就在桥根底下。种一片小菜园子，自种自卖。从小爱摔跤。

塞下人物记　　159

那会摔跤，新手初下场子，对方上来就用褡裢蹭你的耳朵。那会的褡裢都是粗帆布纳的，两下，血就下来了。他的耳朵就这么磨出来了。

怎么会到这里来了呢？那年大旱，河净井干。种菜没水哪行呀？逃荒吧。逃到张家口，人地两生。怎么吃饭呢？就撂了地摔跤。不是表演，是陪人摔。那会有那么一帮阔公子，学了一招两式，喜欢下场显示显示。他陪着摔，摔完了人家给钱。这在阔公子们叫做"耗财买脸"。他说："不能摔着他，还不能让他摔着了。让他摔着了，倒了牌子；摔着他，那哪成呀！——这跤摔的！"混了两年，觉得陪着人家"耗财买脸"，太没意思了！遇到一个熟人，在这里落了户，他也就搬了过来。一晃，四十年了。

我有一天傍晚从城里回来，那天是八月中秋，远远听见大队的大谷仓里有个小姑娘唱《五哥放羊》。真是好嗓子，又甜，又脆，又亮。哪来这么个小姑娘呀？去看看！走进门，是耿老头！

耿老头唱过二人台。艺名骆驼旦。"骆驼"和

"旦"怎么能联在一起呢？再说，他哪儿也不像骆驼呀？既不驼背，也不是庞然大物，——他是个瘦瘦小小的身材，本地人所谓"三料个子"，据说年轻时扮相俊着呢。也许他小名叫个骆驼。这一点我到现在还没弄清楚。他这个"旦"是半业余的。逢年过节，成个小班子，七八个人，赶集趁庙，火红几天。平常还是在家种地。

俩老头都是在江湖上闯过的人，可是他们在作务庄稼上，都是一把好手。

他们现在不常下地干活了，每天只是到处转转，看看，问问，说说。

俩老头转到一块瓜地。西瓜才窜出苗来，长了几片蓝绿蓝绿的叶子，水灵灵的，好看得很。俩老头围着瓜地转了一圈，咬了一会耳朵，发了话："把这片瓜都刨了吧，种别的庄稼，种小叶芥菜吧，还能落点猪食。"——"咋啦？"——"你们把瓜籽安得太浅了，这一片瓜秧全都吊死了！"瓜籽安浅了，扎下根，够不着下面的底肥，长不大，这叫"吊死"。"看你俩说的！青苗绿叶的，就能吊死啦！你们的眼睛能看穿了沙层

塞下人物记　　161

土板啦！真是神了！不信！"——"不信？不信，看吧！"过了两天，蓝绿蓝绿的瓜叶果然全都黄了，蔫了，刨开来看看，果然，吊死了！

也许因为俩老头闯过江湖，他们不怕官。

大跃进那年月，市里下来一个书记，到大队蹲点。在预报产量的会上，他要求一再加码。有人害怕，有人拍马，产量高得不像个话。耿老头说："这是种庄稼？是起哄哪？你们当官的，起了哄，一走！俺们秋后咋办呢？拿什么往上交，拿什么吃呀？"书记有点恼火，说："你这是秋后算账派。"郭老头说："秋后算账派有什么不好呀？就是要秋后算账嘛！秋后算账比春前瞎闹强！"胳膊拧不过大腿，产量还是按照书记要求的天文数字报上去了。措施呢？主要是密植。小麦试验田一亩下了二百斤麦种！高粱、玉米、谷子，一律缩小株行距，下种超过往年三倍。郭老头，耿老头坚决不同意，书记下不来台，又不能拍桌子，气得他说："啊呀！你就做一次社会主义的冒失鬼行不行？"

到了锄地时，俩老头拿着小锄，下地干起活

来。他们把谷子地过密的小苗全给锄掉了。锄一棵，骂一句："去你娘的！"——锄一棵，骂一句："去你娘的！"队长知道了，赶紧来拦住："啊呀！你们这是干啥呢！这是反领导呀！"俩老头一起说："怕啥！他打不了我反革命！"，；

秋后，大田全部减产，有的地根本没有秀穗，只能割了喂老牛。只有俩老头锄过的地获得了大丰收。

在市里召开的丰产经验交流会上，俩老头当了代表，发了言，题目是：《要做老实庄稼人，不当社会主义的冒失鬼》。主持会议的就是来蹲过点的那位书记。书记致过开幕词，郭老头头一个发言，头一句话就是："×书记叫俺们做社会主义冒失鬼……"

俩老头后来一见这位书记，当面就叫他"社会主义的冒失鬼"。书记一点办法没有。看来他这顶"冒失鬼"的帽子得戴几年。

一九八〇年一月五日写成
五月二十九日修改

黄油烙饼

萧胜跟着爸爸到口外去。

萧胜满七岁,进八岁了。他这些年一直跟着奶奶过。他爸爸的工作一直不固定。一会儿修水库啦,一会儿大炼钢铁啦。他妈也是调来调去。奶奶一个人在家乡,说是冷清得很。他三岁那年,就被送回老家来了。他在家乡吃了好些萝卜白菜,小米面饼子,玉米面饼子,长高了。

奶奶不怎么管他。奶奶有事。她老是找出一些零碎料子给他接衣裳,接褂子、接裤子、接棉袄、接棉裤。他的衣服都是接成一道一道的,一道青,一道蓝。倒是挺干净的。奶奶还给他做鞋。自己打袼褙,剪样子,纳底子,自己绱。奶奶老是说:"你的脚上有牙,有嘴?""你的脚是铁打的?"再就是给他做吃的。小米面饼子，玉米面饼子，萝卜白菜，炒鸡蛋，熬小鱼。他整天在外面玩。奶奶把饭做得了，就在门口嚷："胜儿！回来吃饭咧——！"

后来办了食堂。奶奶把家里的两口锅交上去，从食堂里打饭回来吃。真不赖！白面馒头，大烙饼，卤虾酱炒豆腐，焖茄子，猪头肉！食堂的大师傅穿着白衣服，戴着白帽子，在蒸笼的白蒙蒙的热气中晃来晃去，拿铲子敲着锅边，还大声嚷叫。人也胖了，猪也肥了。真不赖！

后来就不行了。还是小米面饼子，玉米面饼子。

后来小米面饼子里有糠，玉米面饼子里有玉米核磨出的碴子，拉嗓子。人也瘦了，猪也瘦了。往年，撵个猪可费劲哪。今年，一伸手就把猪后腿攥住了。挺大一个克郎，一挤它，咕咚就倒了。掺假的饼子不好吃，可是萧胜还是吃得挺香。他饿。

奶奶吃得不香。她从食堂打回饭来，掰半块饼子，嚼半天，其余的，都归了萧胜。

奶奶的身体原来就不好，她有个气喘的病，每年冬天都犯。白天还好，晚上难熬。萧胜躺在炕上，听奶奶喝喽喝喽地喘。睡醒了，还听她喝喽喝喽。他想，奶奶喝喽了一夜。可是奶奶还是喝喽着起来了，喝喽着给他到食堂去打早饭，打掺了假的小米饼子，玉米饼子。

爸爸去年冬天回来看过奶奶。他每年回来，都是冬天。爸爸带回来半麻袋土豆，一串口蘑，还有两瓶黄油。爸爸说，土豆是他分的；口蘑是他自己采、自己晾的；黄油是"走后门"搞来的。爸爸说，黄油是牛奶炼的，很"营养"，叫奶奶抹饼子吃。土豆，奶奶借锅来蒸了，煮了，放在灶火里烤了，给萧胜吃了。口蘑过年时打了一次卤。黄油，奶奶叫爸爸拿回去："你们吃吧。这么贵重的东西！"爸爸一定要给奶奶留下，奶奶把黄油留下了，可是一直没有吃。奶奶把两瓶黄油放在躺柜上，时不时地拿抹布擦擦。黄油是个啥东西？牛奶炼的？隔着玻璃，看得见它的颜色是嫩黄嫩黄的。去年小三家生了小四，他看见小三他妈给小四用松花粉扑痱子。黄油的颜色就像松花粉。油汪汪的，很好看，奶奶说，这是能吃的。萧胜不想吃。他没有吃过，不馋。

奶奶的身体越来越不好。她从前从食堂打回饼子，能一气走到家。现在不行了，走到歪脖柳树那儿就得歇一会。奶奶跟上了年纪的爷爷、奶奶们说："只怕是过得了冬，过不得春呀。"萧胜知道这不是好话。这是一句骂牲口的话。"嗳！看你这乏样儿！过得了冬过不得春！"果然，春天不好过。村里的老头老太太接二连三地死了。镇上有个木业生产合作社，原来打家具、修犁耙，都停了，改了打棺材。村外添了好些新坟，好些白幡。奶奶不行了，她浑身都肿。用手指按一按，老大一个坑，半天不起来。她求人写信叫儿子回来。

爸爸赶回来，奶奶已经咽了气了。

爸爸求木业社把奶奶屋里的躺柜改成一口棺材，把奶奶埋了。晚上，坐在奶奶的炕上流了一夜眼泪。

萧胜一生第一次经验什么是"死"。他知道"死"就是"没有"了。他没有奶奶了。他躺在枕头上,枕头上还有奶奶的头发的气味。他哭了。

奶奶给他做了两双鞋,做得了,说:"来试试!"——"等会儿!"吱溜,他跑了。萧胜醒来,光着脚把两双鞋都试了试。一双正合脚,一双大一些。他的赤脚接触了搪底布,感觉到奶奶纳的底线,他叫了一声"奶奶!"又哭了一气。

爸爸拜望了村里的长辈,把家里的东西收拾收拾,把一些能用的锅碗瓢盆都装在一个大网篮里。把奶奶给萧胜做的两双鞋也装在网篮里。把两瓶动都没有动过的黄油也装在网篮里。锁了门,就带着萧胜上路了。

萧胜跟爸爸不熟。他跟奶奶过惯了。他起先不说话。他想家,想奶奶,想那棵歪脖柳树,想小三家的一对大白鹅,想蜻蜓,想蝈蝈,想挂大扁飞起来格格地响,露出绿色硬翅膀底下的桃红色的翅膜……后来跟爸爸熟了。他是爸爸呀!他们坐了汽车,坐火车,后来又坐汽车。爸爸很好,爸爸老是引他说话,告诉他许多口外的事。他的话越来越多,问这问那。他对"口外"产生了很浓厚的兴趣。

他问爸爸啥叫"口外"。爸爸说"口外"就是张家口以外,又叫"坝上"。"为啥叫坝上?"他以为"坝"是一个水坝。爸爸说到了就知道了。

敢情"坝"是一溜大山。山顶齐齐的,倒像个坝。可是真大!汽车一个劲地往上爬。汽车爬得很累,好像气都喘不过来,不停地哼哼。上了大山,嘿,一片大平地!真是平呀!又平又大,像是擀过的一样。怎么可以这样平呢!汽车一上坝,就撒开欢了。它不哼哼了,"刷——"一直往前开。一上了坝,气候忽然变了。坝下是夏天,一上坝就像秋天。忽然,就凉了。坝上坝下,刀切的一样。真平呀!远远有几个小山包,圆圆的。一棵树也没有。他的家乡有很多树。榆树,柳树,槐树。这是个什么地方!不长一棵树!就是一大片大平地,碧绿的,长满了草。有地。这地块真大。从这个小山包一匹布似的一直扯到了那个小山包。地块究竟有多大?爸爸告诉他:有一个农民牵了一头母牛去犁地,犁了一趟,回来时候母牛带回来一个新下的小

黄油烙饼　169

牛犊，已经三岁了！

汽车到了一个叫沽源的县城，这是他们的最后一站。一辆牛车来接他们。这车的样子真可笑，车轱辘是两个木头饼子，还不怎么圆，骨鲁鲁，骨鲁鲁，往前滚。他仰面躺在牛车上，上面是一个很大的蓝天。牛车真慢，还没有他走得快。他有时下来掐两朵野花，走一截，又爬上车。

这地方的庄稼跟口里也不一样。没有高粱，也没有老玉米，种莜麦，胡麻。莜麦干净得很，好像用水洗过，梳过。胡麻打着把小蓝伞，秀秀气气，不像是庄稼，倒像是种着看的花。

喝，这一大片马兰！马兰他们家乡也有，可没有这里的高大。长得齐大人的腰那么高，开着巴掌大的蓝蝴蝶一样的花。一眼望不到边。这一大片马兰！他这辈子也忘不了。他像是在一个梦里。

牛车走着走着。爸爸说：到了！他坐起来一看，一大片马铃薯，都开着花，粉的、浅紫蓝的、白的，一眼望不到边，像是下了一场大雪。花雪随风摇摆着，他有点晕。不远有一排房子，土墙、玻璃窗。这就是爸爸工作的"马铃薯研究站"。土豆——山药蛋——马铃薯。马铃薯是学名。爸说的。

从房子里跑出来一个人。"妈妈——!"他一眼就认出来了!妈妈跑上来,把他一把抱了起来。

萧胜就要住在这里了,跟他的爸爸、妈妈住在一起了。

奶奶要是一起来,多好。

萧胜的爸爸是学农业的,这几年老是干别的。奶奶问他:"为什么总是把你调来调去的?"爸说:"我好欺负。"马铃薯研究站别人都不愿来,嫌远。爸愿意。妈是学画画的,前几年老画两个娃娃拉不动的大萝卜啦,上面张个帆可以当做小船的豆荚啦。她也愿意跟爸爸一起来,画"马铃薯图谱"。

妈给他们端来饭。真正的玉米面饼子,两大碗粥。妈说这粥是草籽熬的。有点像小米,比小米小。绿盈盈的,挺稠,挺香。还有一大盘鲫鱼,好大。爸说别处的鲫鱼很少有过一斤的,这儿"淖"里的鲫鱼有一斤二两的,鲫鱼吃草籽,长得肥。草籽熟了,风把草籽刮到淖里,鱼就吃草籽。萧胜吃

黄油烙饼　171

得很饱。

爸说把萧胜接来有三个原因。一是奶奶死了，老家没有人了。二是萧胜该上学了，暑假后就到不远的一个完小去报名。三是这里吃得好一些。口外地广人稀，总好办一些。这里的自留地一个人有五亩！随便刨一块地就能种点东西。爸爸和妈妈就在"研究站"旁边开了一块地，种了山药，南瓜。山药开花了，南瓜长了骨朵了。用不了多久，就能吃了。

马铃薯研究站很清静，一共没有几个人。就是爸爸、妈妈，还有几个工人。工人都有家。站里就是萧胜一家。这地方，真安静。成天听不到声音，除了风吹莜麦穗子，沙沙地像下小雨；有时有小燕吱喳地叫。

爸爸每天戴个草帽下地跟工人一起去干活，锄山药。有时查资料，看书。妈一早起来到地里掐一大把山药花，一大把叶子，回来插在瓶子里，聚精会神地对着它看，一笔一笔地画。画的花和真的花一样！萧胜每天跟妈一同下地去，回来鞋和裤脚沾得都是露水。奶奶做的两双新鞋还没有上脚，妈把鞋和两瓶黄油都锁在柜子里。

白天没有事，他就到处去玩，去瞎跑。这地方大得很，没遮没挡，跑多远，一回头还能看到研究站的那排房子，迷不了路。他到草地里去看牛、看马、看羊。

他有时也去莳弄莳弄他家的南瓜、山药地。锄一锄，从机井里打半桶水浇浇。这不是为了玩。萧胜是等着要吃它们。他们家不起火，在大队食堂打饭，食堂里的饭越来越不好。草籽粥没有了，玉米面饼子也没有了。现在吃红高粱饼子，喝甜菜叶子做的汤。再下去大概还要坏。萧胜有点饿怕了。

他学会了采蘑菇。起先是妈妈带着他采了两回，后来，他自己也会了。下了雨，太阳一晒，空气潮乎乎的，闷闷的，蘑菇就出来了。蘑菇这玩意很怪，都长在"蘑菇圈"里。你低下头，侧着眼睛一看，草地上远远的有一圈草，颜色特别深，黑绿黑绿的，隐隐约约看到几个白点，那就是蘑菇圈。滴溜圆。蘑菇就长在这一圈深颜色的草里。圈里面没有，圈外面也没有。蘑菇圈是固定的。今年长，明年还长。哪里有蘑菇圈，老乡们都知道。

有一个蘑菇圈发了疯。它不停地长蘑菇，呼呼地长，三天三夜一个劲地长，好像是有鬼，看着都怕人。附近七八家都来采，用线穿起来，挂在房檐底下。家家都挂了三四串，挺老长的三四串。老乡们说，这个圈明年就不会再长蘑菇了，它死了。萧胜也采了好些。他兴奋极了，心里直跳。"好家伙！好家伙！这么多！这么多！"他发了财了。

他为什么这样兴奋？蘑菇是可以吃的呀！

他一边用线穿蘑菇，一边流出了眼泪。他想起奶奶，他要给奶奶送两串蘑菇去。他现在知道，奶奶是饿死的。人不是一下饿死的，是慢慢地饿死的。

食堂的红高粱饼子越来越不好吃，因为掺了糠。甜菜叶子汤也越来越不好喝，因为一点油也不放了。他恨这种掺糠的红高粱饼子，恨这种不放油的甜菜叶子汤！

他还是到处去玩，去瞎跑。

大队食堂外面忽然热闹起来。起先是拉了一牛车的羊砖来。他问爸爸这是什么,爸爸说:"羊砖。"——"羊砖是啥?"——"羊粪压紧了,切成一块一块。"——"干啥用?"——"烧。"——"这能烧吗?"——"好烧着呢!火顶旺。"后来盘了个大灶。后来杀了十来只羊。萧胜站在旁边看杀羊。他还没有见过杀羊。嘿,一点血都流不到外面,完完整整就把一张羊皮剥下来了!

这是要干啥呢?

爸爸说,要开三级干部会。

"啥叫三级干部会?"

"等你长大了就知道了!"

三级干部会就是三级干部吃饭。

大队原来有两个食堂,南食堂,北食堂,当中隔一个院子,院子里还搭了个小棚,下雨天也可以两个食堂来回串,原来"社员"们分在两个食堂吃饭。开三级干部会,就都挤到北食堂来。南食堂空出来给开会干部用。

三级干部会开了三天,吃了三天饭。头一天中午，羊肉口蘑臊子蘸莜面。第二天炖肉大米饭。第三天，黄油烙饼。晚饭倒是马马虎虎的。

"社员"和"干部"同时开饭。社员在北食堂，干部在南食堂。北食堂还是红高粱饼子，甜菜叶子汤。北食堂的人闻到南食堂里飘过来的香味，就说："羊肉口蘑臊子蘸莜面，好香好香！""炖肉大米饭，好香好香！""黄油烙饼，好香好香！"

萧胜每天去打饭，也闻到南食堂的香味。羊肉、米饭，他倒不稀罕；他见过，也吃过。黄油烙饼他连闻都没闻过。是香，闻着这种香味，真想吃一口。

回家，吃着红高粱饼子，他问爸爸："他们为什么吃黄油烙饼？"

"他们开会。"

"开会干嘛吃黄油烙饼？"

"他们是干部。"

"干部为啥吃黄油烙饼？"

"哎呀！问得太多了！吃你的红高粱饼子吧！"

正在咽着红饼子的萧胜的妈忽然站起来，把缸里的一点白面倒出来，又从柜子里取出一瓶奶奶没有动过的黄油，启开瓶盖，挖了一大块，抓了一把白糖，兑点起子，擀了两张黄油发面饼。抓了一把莜麦秸塞进灶火，烙熟了。黄油烙饼发出香味，和南食堂里的一样。妈把黄油烙饼放在萧胜面前，说：

"吃吧，儿子，别问了。"

萧胜吃了两口，真好吃。他忽然咧开嘴痛哭起来，高叫了一声："奶奶！"

妈妈的眼睛里都是泪。

爸爸说："别哭了，吃吧。"

萧胜一边流着一串一串的眼泪，一边吃黄油烙饼。他的眼泪流进了嘴里。黄油烙饼是甜的，眼泪是咸的。

一九八〇年三月

寂寞和温暖

这个女同志在这个农业科学研究所的科研人员当中显得有点特别。她有很多文学书。屠格涅夫的、契诃夫的、梅里美的。都保存得很干净。她的衣着、用物都很素净。白床单、白枕套，连洗脸盆都是白的。她住在一间四白落地的狭长的单身宿舍里，只有一面墙上一个四方块里有一点颜色。那是一个相当精致的画框，里面经常更换画片：列宾的《伏尔加纤夫》、列维坦的风景……

她叫沈沅，却不是湖南人。

她的家乡是福建的一个侨乡。她生在马来西亚的一个滨海的小城里。母亲死得早，她是跟父亲长大的。父亲开机帆船，往来运货，早出晚归。她从小就常常一个人过一天，坐在门外的海滩上，望着海，等着父亲回来。她后来想起父亲，首先想起的是父亲身上很咸的海水气味和他的五个趾头一般齐，几乎是长方形的脚。——常年在海船上生活的人的脚，大都是这样。

她在南洋读了小学，以后回国来上学。父亲还留在南洋。她从初中到大学，都是在学校的宿舍里度过的。她在国内没有亲人，只有一个舅舅。上初中时，放暑假，她还到舅舅家住一阵。舅舅家很穷。他们家炒什么菜都放虾油。多少年后，她还记得舅舅家自渍的虾油的气味。高中以后，就是寒暑假，也是在学校里过了。一到节假日、星期天，她总是打一盆水洗洗头，然后拿一本小说，一边看小说，一边等风把头发吹干，嘴里咬着一个鲜橄榄。

她父亲是被贫瘠而狭小的土地抛到海外去的。他没有一寸土，却希望他的家乡人能吃到饱饭。她在高中毕业后，就按照父亲的天真而善良的愿望，考进了北京的农业大学。

大学毕业，就分配到了这个农业科学研究所。那年她二十五岁。

二十五年，过得很平静。既没有生老病死（母亲死的时候，她还不大记事），也没有柴米油盐。她在学习上从来没有感到过吃力，从来没有做过因为考外文、考数学答不出题来而急得浑身出汗的那种梦。

她长得很高。在学校站队时，从来是女生的第一名。

这个所里的女工、女干部，也没有一个她那样高的。

她长得很清秀。

这个所的农业工人有一个风气，爱给干部和科研人员起外号。

有一个年轻的技术员叫王作祜，工人们叫他王咋唬。

有一个中年的技师，叫俊哥儿李。有一个时期，所里有三个技师都姓李。为怕混淆，工人们就把他们区别为黑李、白李、俊哥儿李。黑李、白李，因为肤色不同（这二李后来都调走了）。俊哥儿李是因为他长得端正，衣着整齐，还因为他冬天也不戴帽子。这地方冬天有时冷到零下三十七八度，工人们花多少钱，也愿意置一顶狐皮的或者貉绒的皮帽。至不济，也要戴一顶山羊头的。俊哥儿李是不论什么天气也是光着脑袋，头发梳得一丝不乱。

有一个技师姓张，在所里年岁最大，资历也最老。工人们当面叫他张老，背后叫他早稻田。他是个水稻专家，每天起得最早，一起来就到水稻试验田去。他是日本留学生。这个所的历史很久了，有一些老工人敌伪时期就来了，他们多少知道一点日本的事。他们听说日本有个早稻田大学，就不管他是不是这个大学毕业的，派给他一个"早稻田"的外号。

沈沅来了不久，工人们也给她起了外号，叫沈三元。这是因为她刚来的时候，所里一个姓胡的支部书记在大会上把她的名字念错了，把"沅"字拆成了两个字，念成"沈三元"。工人们想起老年间的吉利话："连中三元"，就说"沈三元"，这名字不赖！他们还听说她在学校时先是团员，后是党员，

寂寞和温暖　181

刚来了又是技术员,于是又叫她"沈三员"。"沈三元"也罢,"沈三员"也罢,含意都差不多:少年得志,前程万里。

有一些年轻的技术员背后也叫她沈三员,那意味就不一样了。他们知道沈沅在政治条件上、业务能力上,都比他们优越,他们在提到"沈三员"时,就流露出相当复杂的情绪:嫉妒、羡慕、又有点讽刺。

沈沅来了之后,引起一些人的注目,也引起一些人侧目。

这些,沈沅自己都不知道。

她一直清清楚楚地记得第一天到这里时的情景。天刚刚亮,在一个小火车站下了车,空气很清凉。所里派了一个老工人赶了一辆单套车来接她。这老工人叫王栓。出了站,是一条很平整的碎石马路,两旁种着高高的加拿大白杨。她觉得这条路很美。不到半个钟头,王栓用鞭子一指:"到了。过了石桥,就是农科所。"她放眼一望:整齐而结实的房屋,高大明亮的玻璃窗。一匹马在什么地方喷着响鼻。大树下原来亮着的植保研究室的诱捕灯忽然灭掉了。她心里非常感动。

这是一个地区一级的农科所,但是历史很久,积累的资料多,研究人员的水平也比较高,是全省的先进单位,在华北也是有数的。

她到各处看了看。大田、果园、菜园、苗圃、温室、种籽仓库、水闸、马号、羊舍、猪场……这些东西她是熟悉的,她参观过好几个这样的农科所,大体上都差不多。不过,过去,这对她说起来好像是一幅一幅画;现在,她走到画里来了。晚上,一个人躺在床上,想:我也许会在这里生活一辈子。

她的工作分配在大田作物研究组,主要是作早稻田的助手。她很高兴。她在学校时就读过张老的论文,对他很钦佩。

她到早稻田的研究室去见他。

张老摘下眼镜,站起来跟她握手。他的握手的姿态特别恳挚,有点像日本人。

"你的学习成绩我看过了,很好。你写的《京西水稻调查》，我读过，很好。我摘录了一部分。"

早稻田抽出几张卡片和沈沅写的调查报告的铅印本。报告上有几处用红铅笔划了道。

沈沅不知说什么好，只好说："很幼稚。"

"你很年轻，是个女同志。"

沈沅正捉摸着他这句话是什么意思，他说：

"搞农业科学研究，是寂寞的。要安于寂寞。——一个水稻良种培育成功，到真正确定它的种性，要几年？"

"正常的情况下，要八年。"

"八年。以后会缩短。作物一年只生长一次。不能性急。搞农业，不要想一鸣惊人。农业研究，有很大的连续性。路，是很长的。在这条漫长的路上，没有敲锣打鼓，也没有欢呼。是的，很寂寞。但是乐在其中。"

张老的话给她留下很深刻的印象。

从此以后，她每天一早起来，就跟着早稻田到稻田去观察、记录。白天整理资料；晚上看书，或者翻译一点外文资料。

除了早稻田,她比较接近的人是俊哥儿李。

俊哥儿李她早就认识了。老李也是农大的,比沈沅早好几年。沈沅进校时,老李早就毕业走了。但是他的爱人留在农大搞研究,沈沅跟她很熟。她姓褚,沈沅叫她褚大姐。沈沅在褚大姐那里见过俊哥儿李好多次。

俊哥儿李是个谷子专家。他认识好几个县的种谷能手。谷子是低产作物,可是这一带的农民习惯于吃小米。他们的共同愿望,就是想摘掉谷子的低产帽子。俊哥儿李经常下乡。这些种谷能手也常来找他。一来,就坐满了一屋子。看看俊哥儿李那样一个衣履整齐,衬衫的领口、袖口雪白,头发一丝不乱的人,坐在一些戴皮帽的、戴毡帽的、系着羊肚子手巾的,长着黑胡子、白胡子、花白胡子的老农之间,彼此却是那样的自然,那样的亲热,是很有趣的。

这些种谷能手来的时候,沈沅就到俊哥儿李屋里去。听他们谈话,同时也帮着做做记录。

老李离不开他的谷子;褚大姐离开了农大的设

备，她的研究工作就无法进行。因此，他们多年来一直过着两地生活。有时褚大姐带着孩子来这里住几天，沈沅一定去看她。

她和工人的关系很好。在地里干活休息的时候，女工们都愿意和她挤在一起。——这些女工不愿和别的女技术员接近，说她们"很酸"。放羊的、锄豆埂的"半工子"也常来找她，掰两根不结玉米的"甜杆"，拔一把叫做酸苗的草根来叫她尝尝。"甜杆"真甜。酸苗酸的像醋，吃得人眼睛、眉毛都皱在一起。下了工，从地里回来，工人的家属正在做饭，孩子缠着，绊手绊脚，她就把满脸鼻涕的娃娃抱过来，逗他玩半天。

她和那个赶单套车接她到所的老车倌王栓很谈得来。王栓没事时常上她屋里来，一聊半天。人们都奇怪：他俩有什么可聊的呢？这两个人有什么共同语言呢？主要是王栓说，她听着。王栓聊他过去的生活，这个所的历史，聊他和工人对这个所的干部和科研人员的评价。"早稻田""俊哥儿李""王咋唬"，包括她自己的外号"沈三元"，都是王栓告诉她的。沈沅听到"早稻田""俊哥儿李",哈哈大笑了半天。

王栓走了,沈沅屋里好长时间还留着他身上带来的马汗的酸味。她一点也不讨厌这种气味。

稻子收割了,羊羔子抓了秋膘了,葡萄下了窖了,雪下来了。雪化了,茵陈蒿在乌黑的地里绿了,羊角葱露了嘴了,稻田的冻土翻了,葡萄出了窖了,母羊接了春羔了,育苗了,插秧了。沈沅在这个农科所生活了快一年了。

她不得不和他们接触的,还有一些人。一个是胡支书,一个是王作祐。胡支书是支部书记,王作祐是她们党小组的组长。

胡支书是个专职的支书。多少年来干部、工人,都称之为胡支书。他整天无所事事,想干点什么就干点什么。夏锄的时候,他高兴起来,会扛着大锄来锄两趟高粱;扬场的时候,扬几锨;下了西瓜、果子,他去过磅;春节包饺子,各人自己动手,他会系了个白围裙很热心地去分肉馅,分白面。他也可以什么都不干,和一个和他关系很亲密的老工人、老伙伴，在树林子里砍土圪垃，你追我躲，嘴里还笑着，骂着："我操你妈！"一玩半天，像两个孩子。他的本职工作，是给工人们开会讲话。他不读书，不看报，说起话来没有准稿子。可以由国际形势讲到秋收要颗粒归仓，然后对一个爱披着衣服到处走的工人训斥半天："这是什么样子！你给我把两个袖子捅上！"此人身材瘦削，嗓音奇高。他有个口头语："如论无何。"不知道为什么，他总把"无论如何"说成"如论无何"，而且很爱说这句话。在他的高亢刺耳，语无伦次的讲话中，总要出现无数次"如论无何"。

他在所里威信很高，因为他可以盖一个图章就把一个工人送进劳改队。这一年里，经他的手，已经送了两个。一个因为打架，一个是查出了历史问题——参加过一贯道。这两个工人的家属还在所里劳动，拖着两个孩子。

他是个酒仙，顿顿饭离不开酒。这所里有一个酒厂。每天出酒之后，就看见他端着两壶新出淋的原汁烧酒，一手一壶，一壶四两，从酒厂走向他的宿舍，徜徉而过，旁若无人。

胡支书的得力助手是王作祐。

王作祐有两件本事，一是打扑克，一是做文章。

他是个百分大王，所向无敌。他的屋里随时都摆着一张空桌、四把椅子。拉开抽屉就是扑克牌和记分用的白纸、铅笔。每天晚上都能凑一桌，烟茶自备，一直打到十一二点。

他是所里的笔杆子，人称"一秘"。年轻的科技人员的语文一般都不太通顺。他是在中学时就靠搞宣传、编板报起家的，笔下很快。因此，所里的总结、报告、介绍经验的稿子，多半由他起草。

他尤其擅长于写批判稿，不管给他一个什么题目，他从胡支书屋里抱了一堆报纸，东翻翻，西找找，不到两个小时，就能写出一篇文情并茂的批判发言。

所里有一个老木匠，说了一句怪话。有人问他一个月挣多少钱，他说："咳，挣一壶醋钱。"有人反映给支部，王作祐认为这是反党言论，建议开大

寂寞和温暖　189

会批判。王作祜作了长篇发言，引经据典，慷慨激昂。会开完了，老木匠回到宿舍，说："王作祜咋唬点啥咧？"王咋唬的名字，就是这么来的。

沈沅忽然被打成了右派。

究竟是因为什么呢？

因为她在整风的时候，在党内的会议上提了意见，批评了领导？

因为她提出所领导对科研人员不够关心，张老需要一个资料柜，就是不给，他的大量资料都堆在地下？

因为她提出对送去劳改的两个工人都处理过重，这样下去，是会使党脱离群众的？

因为她提出群众对胡支书从酒厂灌酒，公私不分，有反映？

因为她提出一个管农业的书记向所里要了一块韭菜皮，铺在他的院子里，这值不了多少钱，但是传开了很不好听，工人说："这不真成了刮地皮了？"

也许什么都不为，就因为她在这个农业科学研究所。研究所，顾名思义，是知识分子成堆的地方，怎么也得抓出一两个右派，才能完成"指标"。经过领导上研究，认为派她当右派合适。

主要的问题，据以定性的主要根据，是她的一篇日记。

这是一篇七年以前写的日记。

她的父亲半生漂泊在异国的海上，他一直想有一小片自己的土地。他把历年攒下的钱寄回国，托沈沅的舅舅买了一点田，还盖了一座一楼一底的房子。他想晚年回家乡住几年，然后就埋在这块土地上，有一个坟头，坟头立一块小小的石碑，让后人知道他曾经辛苦了一辈子。一九五一年土改。土改的工作队长是个从东北南下的干部，对侨乡情况不太了解；又因为当地干部想征用他那座房子，把他划成了地主。沈沅那年还在读高中。她不相信他的被海风吹得脸色紫黑，五个脚趾一般齐的父亲是地主，就在日记里写下了她的困惑与不满。

问题本来已经解决了。在农大入党的时候，农大党组织为了核实她的家庭出身，曾经两次到她的家乡外调，认为她的父亲最多能划一个小土地出租者，她的成分没有问题，批准了她的入党要求。她对自己当时的困惑和不满也作了检查，认为是立场不稳，和党离心离德。

没想到……

这些天，有的干部和工人就觉得所里的空气有点不大对。胡支书屋里坐了一屋子人在开会，屋门从里面倒插着。王作祜晚上不打牌了，他屋里的灯十二点以后还亮着。党团员和积极分子的脸上都异样的紧张而严肃。他们知道，要出什么事了。

一个早上，安静平和的农科所变了样。居于全所中心的种籽仓库外面的墙上贴满了大字报："击退反党分子沈沅的猖狂进攻"，"不许沈沅污蔑党的领导"，"一个阶级异己分子的自供状——沈沅日记摘抄"，"一定要把农科所的一面白旗拔掉"，"剥下沈沅清高纯洁的外衣"，"铲除蒋介石反攻大陆的社会基础"。有文字，还有漫画。有一张漫画，画着一个少女向蒋介石低头屈膝。这个少女竟然只穿了乳罩和三角裤衩！这是王作祜的手笔。

沈沅一点思想准备都没有。她一早起来，要到稻田去。一看这么多大字报，她懵了。她硬着头皮把这些大字报看下去。她脸色煞白，带着一种奇怪的微笑。有两个女工迎面看见她，吓了一跳。她们小声说："坏了！她要疯！"看到那张戴着乳罩穿三角裤衩的漫画，她眼前一黑，几乎栽倒。一只大手从后面扶住了她。她定了定神，听见一个声音："真不像话！"那是王栓。她觉得干哕，恶心，头晕。她摇摇晃晃地走向自己的宿舍。

她对于运动的突出的感觉是：莫名其妙，她也参加过几次政治运动，但是整到自己的头上，这还是第一次。她坐在会场里，听看、记着别人的批判发言，她始终觉得这不是真事，这是荒唐的，不可能的，她会忽然想起《格列佛游记》，想起大人国、小人国。

发言是各式各样的，大家分题作文。王作祐带着强烈的仇恨，用炸弹一样的语言和充满戏剧性的姿态大喊大叫。有一些发言把一些不相干的小事和一些本人平时没有觉察到的个人恩怨拉扯成了很长的一篇，而且都说成是严重的政治问题、世界观问

寂寞和温暖

题、立场问题。屠格涅夫、列宾和她的白脸盆都受到牵连,连她的长相、走路的姿势都受到批判。

写了无数次检查,听了无数次批判,在毫无自卫能力的情况下,忍受着各种离奇而难堪的侮辱,沈沅的精神完全垮了。她的神经麻木了。她听着那些锋利尖刻的语言,会不明白那是什么意思。她的脑子会出现一片空白,一点思想都没有,像是曝了光的底片。她有时一动不动地坐着,像一块石头。她不再觉得痛苦,只是非常的疲倦。她想:怎么都行,定一个什么罪名,给一个什么处分都行,只求快一点,快一点过去,不要再开会,不要再写检查。

总算,一个高亢尖厉的声音宣布:"批判大会暂时开到这里。"

沈沅回到屋里,用一盆冷水洗了洗头,躺下来,立刻就睡着了。她睡得非常实在,连一个梦都没有。她好像消失了。什么也不知道。太阳偏西了,她不知道。卸了套、饮过水的骡马从她的窗外郭答郭答地走过,她不知道。晚归的麻雀在她的檐前吱喳吵闹着回窠了,她不知道。天黑了,她不知道。

她朦朦胧胧闻到一阵一阵马汗的酸味,感觉到床前坐着一个人。她拉开床头的灯,床前坐着王栓,泪流满面。

沈沅每天下班都到井边去洗脸,王栓也每天这时去饮马。马饮着水,得一会,他们就站着闲聊。马饮完了,王栓牵着马,沈沅端着一盆明天早上用的水,一同往回走(沈沅的宿舍离马号很近)。自从挨了批斗,她就改在天黑人静之后才去洗脸,因为那张恶劣的漫画就贴在井边的墙上。过了两天,沈沅发现她的门外有一个木桶,里面有半桶清水。她用了。第二天,水桶提走了。不到傍晚,水桶又送来了。她知道,这是王栓。她想:一个"粗人",感情却是这样的细!

现在,王栓泪流满面地坐在她的面前。她觉得心里热烘烘的。

"我来看看你。你睡着了,睡得好实在!你受委屈了!他们为什么要这样整你,折磨你?听见他们说的那些话,我的心疼。他们欺负人!你不要难过。你要好好的。俺们,庄户人,知道什么是谷子,什么是秕子。俺们心里有杆秤。他们不要你,俺们要你!你要好好的,一定要好好的!你看你两眼塌成个啥样了!要好好的!你的光阴多得很,你要好好的。你还要做很多事,你要好好的!"

沈沅的眼泪流下来了。她一边流泪,一边点头。

"我走了。"

沈沅站起来送他。王栓走了两步,又停住,回头。

"你不要想死。千万不要想走那条路。"

沈沅点点头。

"你答应我。"

"我答应你,王栓,我不死。"

王栓走后,沈沅躺在床上,眼泪不断地涌出来。她听见自己的眼泪大滴大滴地落在枕头上,叭哒——叭哒……沈沅的结论批下来了,定为一般右派,就在本所劳动。

她很镇定，甚至觉得轻松。她觉得这没有什么。就像一个人从水里的踏石上过河，原来怕湿了鞋袜；后来掉在河里，衣裤全湿了，觉得也不过就是这样，心里反而踏实了。

只有一次，她在火车站的墙上看到一条大标语：把"地富反坏右"列在一起，她才觉得心里很不好受。国庆节前夕，胡支书特地通知她这两天不要进城，她的心往下一沉。

她跟周围人的关系变了。

在路上碰到所里的人，她都是把头一低。

在地里干活休息时，她一个人远远地坐着。原来爱跟她挤在一起的女工故意找话跟她说，她只是简单地回答一两个字。收工的时候，她都是晚走一会，不和这些女工一同走进所里的大门。

她到稻田去拔草，看见早稻田站在一个小木板桥上。这是必经之路，她只好走过去。早稻田只对她说了一句话："沈沅，要注意身体。"她没有说话，点了点头。早稻田走了，沈沅望着他的背影，在心里说："谢谢您！"

她看见俊哥儿李的女儿在渠沿上玩，知道褚大姐来了。收工的时候，褚大姐在离所门很远的路边等着沈沅，一把抓住她的手："你为什么不来看我？"沈沅只是凄然一笑，摇摇头。——"你要什么书？我给你寄来。"沈沅想了一想，说："不要。"

但是她每天好像过得挺好。她喜欢干活。在田野里，晒着太阳，吹着风，呼吸着带着青草和庄稼的气味的空气，她觉得很舒畅。她使劲地干活，累得满脸通红，全身是汗，以致使跟她一块干活的女工喊叫起来："沈沅！沈沅！你干什么！"她这才醒悟过来："哦！"把手脚放慢一些。

她还能看书，每天晚上，走过她的窗前，都可以看到她坐在临窗的小桌上看书，精神很集中，脸上极其平静。

过了三年。

这三年真是热闹。

五八、五九，搞了两年大跃进。深翻地，翻到一丈二。用贵重的农药培养出二尺七寸长的大黄瓜，装在一个特制的玻璃匣子里，用福尔马林泡着。把两穗"大粒白"葡萄"靠接"起来当作一串,给葡萄注射葡萄糖。把牛的精子给母猪授上,希望能下一个麒麟一样的东西,——牛大的猪。"卫星"上天,"大王"升帐,敢想敢干,敲锣打鼓,天天像过年。

后来又闹了一阵"超声波"。什么东西都"超"一下。农、林、牧、副、渔,只要一"超",就会奇迹一样地增长起来。"超"得鸡飞狗跳,小猪仔的鬃毛直竖,山丁子小树苗前仰后合。

胡支书、王咋唬忙得很,报喜,介绍经验,开展览会……

最后是大家都来研究代食品,研究小球藻和人造肉,因为大家都挨了饿了。

只有早稻田还是每天一早到稻田,俊哥儿李还是经常下乡,沈沅还是劳动、看书。

一九六一年夏天,调来一位新所长(原来的所长是个长期病号,很少到所里来),姓赵。所里很多工人都知道他。他在抗日战争期间是一个武工队长,常在这一带活动。老人们都说他"低头有计",

传诵着关于他的一些传奇性的故事。他的左太阳穴有一块圆形的伤疤，一咬东西就闪闪发亮。这是当年的枪伤。他在抗日战争时期就是县委一级的干部，现在还是县委一级。原因是：一贯右倾，犯了几次错误。

他是骑了一辆自己装了马达的自行车来上任的，还不失当年武工队长的风度。他来之后，所里就添了一种新声音。只要听见马达突突的声音，人们就知道赵所长奔什么方向去了。

他一来，就下地干活。在大田、果园、菜园、苗圃，都干了几天。他一边干活，工人一边拿眼睛瞄着他。结论是："赵所长的农活——啧啧啧！"他跟工人在一起，说说笑笑，不分彼此。工人跟他也无拘无束，无话不谈。工人们背后议论："新来的赵所长，这人——不赖！"王栓说："敢是！这人心里没假。他的心是一块阳泉炭，划根火柴就能点着。烧完了是一堆白灰。"

干了差不多一个月的活，他把所里历年的总结，重要的会议记录都找来，关起门来看了十几天，校出了不少错字。

然后，到科研人员的家里挨门拜访。

访问了俊哥儿李。

"老褚的事，要解决。老是鹊桥相会，那怎么行！我们想把她的研究项目接过来。这个项目，我们地区需要。农大肯交给我们最好。不行的话，我们搞一套设备。我了解了一下，地区还有这个钱。等我和地委研究一下。"

看见老李屋里摆了好些凳子，知道他那些攻谷子低产关的农民朋友要来，老赵就留下来听了半天他们的座谈会。中午，他捧了一个串门大碗，盛了一碗高粱米饭，夹了几个腌辣椒和大家一同吃了饭。饭后，他问："他们的饭钱是怎么算的？"老李说："他们是我请来的客人。"——"这怎么行！"他转身就跑到总务处，"这钱以后由公家报。出在什么项目里，你们研究！"

访问了早稻田。

"张老，张老！我来看看您，不打搅吗？"

"欢迎，欢迎！不打搅，不打搅！"

寂寞和温暖

"我来拜师了。"

"不敢当！如果有什么关于水稻的普通的问题……"

"水稻我也想学。我是想来向您学日语。抗日战争时期，因为工作需要，我学了点日语，——那时要经常跟鬼子打交道嘛，现在几乎全忘光了。我想拾起来，就来找您这位早稻田了！"

"我不是早稻田毕业的。"

赵所长把"早稻田"的来由告诉早稻田，这位老科学家第一次知道他有这样一个外号，他哈哈大笑：

"我乐于接受这个外号。我认为这是对我个人工作的很高的评价。"

赵所长问张老工作中有什么困难，什么要求。

"我需要一个助手。"

"您看谁合适？"

"沈沅。"

"还需要什么？——需要一个柜子。"

"对！您看看我的这些资料！"

"柜子，马上可以解决，半个小时之内就给您送来。沈沅的问题，等我了解一下。"

"这里有一份俄文资料。我的俄文是自修的，恐怕理解得不准确，想请沈沅翻译一下，能吗？"

"交给我！"

沈沅正在菜地里收蔓菁，王栓赶着车下地，远远地就喊：

"哎，沈沅！"

沈沅抬起头来。

"叫我？什么事？"

"赵所长叫你上他屋里去一趟。"

"知道啦。"

什么事呢？她微微觉得有点不安。她听见女工们谈论过新来的所长，也知道王栓说这人的心是一块阳泉炭，她有点奇怪，这个人真有这么大的魅力么？

前几天，她从地里回来，迎面碰着这位所长推了自行车出门。赵所长扶着车把，问：

"你是沈沅吗？"

寂寞和温暖　203

"是的。"

"你怎么这么瘦?"

沈沉心里一酸。好久了,没有人问她胖啦瘦的之类的话了。

"我要进城去。过两天你来找找我。"

说罢,他踩响了自行车的马达,上车走了。

现在,他找她,什么事呢?

沈沉在大渠里慢慢地洗了手,慢慢地往回走。

赵所长不在屋。门开着。一个五六岁的女孩子趴在桌上画小人。

孩子听见有人进屋,并不回头,还是继续画小人。

"您是沈阿姨吗?爸爸说:他去接一个电话,请您等一等,他一会儿就回来。您请坐。"

孩子的声音像花瓣。她的有点紧张的心情完全松弛了下来。她看了看新所长的屋子。

墙上挂着一把剑——一件真正的古代的兵器,不是舞台上和杂技团用的那种镀镍的道具。鲨鱼皮的剑鞘,剑柄和吞口都镂着细花。

一张书桌。桌上有好些书。一套《毛选》、很多农业科技书：作物栽培学、土壤、植保、果树栽培各论、马铃薯晚疫病……两本《古文观止》、一套《唐诗别裁》、一函装在蓝布套里的影印的《楚辞集注》、一本崭新的《日语初阶》。桌角放着一摞杂志，面上盖着一本《农大学报》的油印本：《京西水稻调查——沈沅》。

一个深深的紫红砂盆，里面养着一块拳头大的上水石，盖着毛茸茸的一层厚厚的绿苔，长出一棵一点点大，只有七八个叶子的虎耳草。紫红的盆，碧绿的苔，墨绿色的虎耳草的圆叶，淡白的叶纹。沈沅不禁失声赞叹：

"真好看！"

"好看吗？——送你！"

"……赵所长，您找我？"

"你这篇《京西水稻调查》，写得不错呀！有材料，有见解，文笔也好。科学论文，也要讲究一点文笔嘛！——文如其人！朴素，准确，清秀。——你这样看着我，是说我这个打仗出身的人不该谈论

寂寞和温暖　205

文章风格吗?"

"……您不像个所长。"

"所长?所长是什么?——大概是从七品!——这是一篇俄文资料,张老想请你翻译出来。"

沈沅接过一本俄文杂志,说:

"我现在能做这样的事吗?"

"为什么不能?"

"好,我今天晚上赶一赶。"

"不用赶,你明天不要下地了。"

"好。"

"从明天起,你不要下地干活了。"

"……?"

"我这个人,存不住话。告诉你,准备给你摘掉右派的帽子。报告已经写上去了,估计不会有问题。本来可以晚几天告诉你,何必呢?早一天告诉你,让你高兴高兴,不好吗?有的同志,办事总是那么拖拉。他不知道,人家是度日如年呀!——祝贺你!"

他伸出手来。沈沅握着他的温暖的手,眼睛湿了。

"谢谢您!"

"谢我干什么?我们需要人,我们迫切地需要人!你是党培养出来的知识分子。种地的,哪有把自己种出来的好苗锄掉的呢?没这个道理嘛!你有什么想法,什么打算?"

"这事来得太突然了。"

"不突然。事情总要有一个过程。有的过程,付出的代价太大了!我这人,老犯错误。我这些话,叫别人听见,大概又是错误。有一些话,我现在不能跟你讲呀!——我看,你先回去一趟。"

"回去?"

"对。回一趟你的老家。"

"我家里没有人了。"

"我知道。"

三个多月前,沈沅接到舅舅一封信,说她父亲得了严重的肺气肿,回国来了,想看看他的女儿。沈沅拿了信去找胡支书,问她能不能请假。胡支书说:"……你现在这个情况。好吧,等我们研究研究。"过了一个星期,舅舅来了一封电报,她的父亲已经死了。她拿了电报去向胡支书汇报。胡支书说:

"死了。死了也好嘛!你可以少背一点包袱。——埋了吗?"

"埋了。"

"埋了就得了。——好好劳动。"

沈沅没有哭,也没有戴孝。白天还是下地干活,晚上一个人坐着。她想看书,看不下去。她觉得非常对不起她的父亲。父亲劳苦了一生,现在,他死了。她觉得父亲的病和死都是她所招致的。她没有把自己这些年的遭遇告诉父亲。但是她觉得他好像知道了,她觉得父亲的晚景和她划成右派有着直接的关系。好几天,她不停地胡思乱想。她觉得她的命不好。她自己也觉得很奇怪,一个年轻的,受过大学教育的共产党员,怎么会相信起命来呢?——人到了无可奈何的时候是很容易想起"命"这个东西来的。

好容易，她的伤痛才渐渐平息。

赵所长怎么会知道她家里已经没有人了呢？

"你还是回去看看。人死了，看看他的坟。我看可以给他立一块石碑。"

"您怎么知道我父亲想在坟头立一块石碑的？"

"你的档案材料里有嘛！你的右派结论里不也写着吗？——'一心为其地主父亲树碑立传'。这都是什么话呢！一个老船工，在海外漂泊多年，这样一点心愿为什么不能满足他呢？我们是无鬼论者，我们并不真的相信泉下有知。但是人总是人嘛，人总有一颗心嘛。共产党员也是人，也有心嘛。共产党员不是没有感情的。无情的人，不是共产党员！——我有点激动了！你大概也知道我为什么激动。本来，你没有直系亲属了，没有探亲假。我可以批准你这次例外的探亲假。如果有人说这不合制度，我负责！你明天把资料翻译出来，——不长。后天就走。我送你。叫王栓套车。"

沈沅哭了。

"哭什么？我们是同志嘛！"

寂寞和温暖　209

沈沅哭得更厉害了。

"不要这样。你的工作，回来再谈。这盆虎耳草，我替你养着。你回来，就端走。你那屋里，太素了！年轻人，需要一点颜色。"

一只绿豆大的通红的七星瓢虫飞进来，收起它的黑色的膜翅，落在虎耳草墨绿色的圆叶上。赵所长的眼睛一亮，说：

"真美！"

不到假满，沈沅就回来了。

她的工作，和原先一样，还是做早稻田的助手。

很快到年底了。又开一年一度的先进工作者评比会了。赵所长叫沈沅也参加。

沈沅走进大田作物研究组的大办公室。她已经五年没有走进这间屋子了。俊哥儿李主持会议。他拉开一张椅子，亲切地让沈沅坐下。

"这还是你的那张椅子。"

沈沅坐下，跟所有的人都打了招呼。别人也向她点头致意。王作祜装着低头削铅笔。

在酝酿候选人名单时，一向很少说话的早稻田头一个发言。

"我提一个人。"

"……谁？"

"沈沅。"

大家先是一愣，接着，都笑了。连沈沅自己也笑了。早稻田是很严肃的，他没有笑。

会议进行得很热烈。赵所长靠窗坐着，一面很注意地听着发言，一面好像想着什么事。会议快结束时，下雪了。好雪！赵所长半眯着眼睛，看着窗外大片大片的雪花无声地落在广阔的田野上。他是在赏雪么？

俊哥儿李叫他："赵所长，您讲讲吧！"

早稻田也说："是呀，您有什么指示呀？"

"指示？——没有。我在想：我，能不能附张老的议，投她——沈沅一票。好像不能。刚才张老提出来，大家不是都笑了吗？是呀，我们毕竟都还生活在现实的世界里，还不能摆脱世俗的习惯和观念。那，就等一年吧。"

他念了两句龚定庵的诗：

> 我劝天公重抖擞，
> 不拘一格降人才。

接着，又用沉重的声音，念了两句《离骚》：

> 亦余心之所善兮，
> 虽九死其犹未悔！

沈沅在心里想：
"你真不像个所长。"

一九八〇年十二月十一日六稿

卖蚯蚓的人

我每天到玉渊潭散步。

玉渊潭有很多钓鱼的人。他们坐在水边，瞅着水面上的漂子。难得看到有人钓到一条二三寸长的鲫瓜子。很多人一坐半天，一无所得。等人、钓鱼、坐牛车，这是世间"三大慢"。这些人真有耐性。各有一好。这也是一种生活。

在钓鱼的旺季，常常可以碰见一个卖蚯蚓的人。他慢慢地蹬着一辆二六的旧自行车，有时扶着车慢慢地走着。走一截，扬声吆唤：

"蚯蚓——蚯蚓来——"

"蚯蚓——蚯蚓来——"

有的钓鱼的就从水边走上堤岸，向他买。

"怎么卖？"

"一毛钱三十条。"

来买的掏出一毛钱,他就从一个原来是装油漆的小铁桶里,用手抓出三十来条,放在一小块旧报纸里,交过去。钓鱼人有时带点解嘲意味,说:

"一毛钱,玩一上午!"

有些钓鱼的人只买五分钱。

也有人要求再添几条。

"添几条就添几条,一个这东西!"

蚯蚓这东西,泥里咕叽,原也难一条一条地数得清,用北京话说,"大概其",就得了。

这人长得很敦实,五短身材,腹背都很宽厚。这人看起来是不会头疼脑热、感冒伤风的,而且不会有什么病能轻易地把他一下子打倒。他穿的衣服都是宽宽大大的,旧的,褪了色,而且带着泥渍,但都还整齐,并不褴褛,而且单夹皮棉,按季换衣。——皮,是说他入冬以后的早晨有时穿一件出锋毛的山羊皮背心。按照老北京人的习惯,也可能是为了便于骑车,他总是用带子扎着裤腿。脸上说不清是什么颜色,只看到风、太阳和尘土。只有有时他剃了头，刮了脸，才看到本来的肤色。新剃的头皮是雪白的，下边是一张红脸。看起来就像是一件旧铜器在盐酸水里刷洗了一通，刚刚拿出来一样。

因为天天见，面熟了，我们碰到了总要点点头，招呼招呼，寒暄两句。

"吃啦？"

"您遛弯儿！"

有时他在钓鱼人多的岸上把车子停下来，我们就说会子话。他说他自己："我这人——爱聊。"

我问他一天能卖多少钱。

"一毛钱三十条，能卖多少！块数来钱，两块，闹好了有时能卖四块钱。"

"不少！"

"凑合吧。"

我问他这蚯蚓是哪里来的，"是挖的？"

旁边有一位钓鱼的行家说：

"是烹的。"

这个"烹"字我不知道该怎么写，只能记音。

这位行家给我解释,是用蚯蚓的卵人工孵化的意思。

"蚯蚓还能'烹'?"

卖蚯蚓的人说:

"有'烹'的,我这不是,是挖的。'烹'的看得出来,身上有小毛,都是一般长。瞧我的:有长有短,有大有小,是挖的。"

我不知道蚯蚓还有这么大的学问。

"在哪儿挖的,就在这玉渊潭?"

"不!这儿没有。——不多。丰台。"

他还告诉我丰台附近的一个什么山,山根底下,那儿出蚯蚓,这座山名我没有记住。

"丰台?一趟不得三十里地?"

"我一早起蹬车去一趟,回来卖一上午。下午再去一趟。"

"那您一天得骑百十里地的车?"

"七十四了,不活动活动成吗!"

他都七十四了!真不像。不过他看起来像多少岁,我也说不上来。这人好像是没有岁数。

"您一直就是卖蚯蚓?"

"不是!我原来在建筑上,——当壮工。退休了。退休金四十几块,不够花的。"

我算了算,连退休金加卖蚯蚓的钱,有百十块钱,断定他一定爱喝两盅。我把手圈成一个酒杯形,问:

"喝两盅?"

"不喝。——烟酒不动!"

那他一个月的钱一个人花不完,大概还会贴补儿女一点。

"我原先也不是卖蚯蚓的。我是挖药材的。后来药材公司不收购,才改了干这个。"

他指给我看:

"这是益母草,这是车前草,这是红苋草,这是地黄,这是稀莶……这玉渊潭到处是钱!"

他说他能认识北京的七百多种药材。

"您怎么会认药材的?是家传?学的?"

"不是家传。有个街坊,他挖药材,我跟着他,用用心,就学会了。——这北京城,饿不死人,你只要肯动弹,肯学!你就拿晒槐米来说吧——"

"槐米?"我不知道槐米是什么,真是孤陋寡闻。

"就是没有开开的槐花骨朵,才米粒大。晒一季槐米能闹个百儿八十的。这东西外国要,不知道是干什么用,听说是酿酒。不过得会晒。晒好了,碧绿的!晒不好,只好倒进垃圾堆。——蚯蚓!——蚯蚓来!"

我在玉渊潭散步,经常遇见的还有两位,一位姓乌,一位姓莫。乌先生在大学当讲师,莫先生是一个研究所的助理研究员。我跟他们见面也点头寒暄。他们常常发一些很有学问的议论,很深奥,至少好像是很深奥,我听不大懂。他们都是好人,不是造反派,不打人,但是我觉得他们的议论有点不着边际。他们好像是为议论而议论,不是要解决什么问题,就像那些钓鱼的人,意不在鱼,而在钓。

乌先生听了我和卖蚯蚓人的闲谈,问我:

"你为什么对这样的人那样有兴趣?"

我有点奇怪了。

"为什么不能有兴趣?"

"从价值哲学的观点来看,这样的人属于低级价值。"

莫先生不同意乌先生的意见。

"不能这样说。他的存在就是他的价值。你不能否认他的存在。"

"他存在。但是充其量,他只是我们这个社会的填充物。"

"就算是填充物,填充物也是需要的。'填充',就说明他的存在的意义。社会结构是很复杂的,你不能否认他也是社会结构的组成部分,哪怕是极不重要的一部分。就像自然界的需要维持生态平衡,我们这个社会也需要有生态平衡。从某种意义来说,这种人也是不可缺少的。"

"我们需要的是走在时代前面的人,呼啸着前进的,身上带电的人!而这样的人是历史的遗留物。这样的人生活在现在,和生活在汉代没有什么区别,——他长得就像一个汉俑。"

我不得不承认,他对这个卖蚯蚓人的形象描绘是很准确且生动的。

乌先生接着说：

"他就像一具石磨。从出土的明器看，汉代的石磨和现在的没有什么不同。现在已经是原子时代——"

莫先生抢过话来，说：

"原子时代也还容许有汉代的石磨，石磨可以磨豆浆，——你今天早上就喝了豆浆！"

他们争执不下，转过来问我对卖蚯蚓的人的"价值"、"存在"有什么看法。

我说：

"我只是想了解了解他。我对所有的人都有兴趣，包括站在时代的前列的人和这个汉俑一样的卖蚯蚓的人。这样的人在北京还不少。他们的成分大概可以说是城市贫民。糊火柴盒的、捡破烂的、捞鱼虫的、晒槐米的……我对他们都有兴趣，都想了解。我要了解他们吃什么和想什么。用你们的话说，是他们的物质生活和精神生活。吃什么，我知道一点。比如这个卖蚯蚓的老人，我知道他的胃口很好，吃什么都香。他一嘴牙只有一个活动的。他的牙很短、微黄，这种牙最结实，北方叫做'碎米牙'，他说：'牙好是口里的福。'我知道他今天早上吃了四个炸油饼。他中午和晚上大概常吃炸酱面，一顿能吃半斤，就着一把小水萝卜。他大概不爱吃鱼。至于他想些什么，我就不知道了，或者知道得很少。我是个写小说的人，对于人，我只能想了解、欣赏，并对他进行描绘，我不想对任何人作出论断。像我的一位老师一样，对于这个世界，我所倾心的是现象。我不善于作抽象的思维。我对人，更多地注意的是他的审美意义。你们可以称我是一个生活现象的美食家。这个卖蚯蚓的粗壮的老人，骑着车，吆喝着'蚯蚓——蚯蚓来！'不是一个丑的形象。——当然，我还觉得他是个善良的，有古风的自食其力的劳动者，他至少不是社会的蛀虫。"

这时忽然有一个也常在玉渊潭散步的学者模样的中年人插了进来，他自我介绍：

"我是一个生物学家。——我听了你们的谈话。

从生物学的角度,是不应鼓励挖蚯蚓的。蚯蚓对农业生产是有益的。"

我们全都傻了眼了。

一九八三年四月一日写成

故人往事

戴车匠

戴车匠是东街一景。

车匠是一种很古老的行业了。中国什么时候开始有车匠，无可考。想来这是很久远的事了。所谓车匠，就是在木制的车床上用旋刀车旋小件圆形木器的那种人。从我记事的时候，全城似只有这一个车匠，一家车匠店。

车匠店离草巷口不远，坐南朝北。左邻是侯家银匠店，右邻是杨家香店。侯银匠成天用一根吹管吹火打银簪子、银镯子，或用小錾子錾银器上的花纹。侯家还出租花轿。花轿就停放在店堂的后面。

大红缎子的轿帏，上绣丹凤朝阳和八仙，——中国的八仙是一组很奇怪的仙人，什么场合都有他们的份。结婚和八仙有什么关系呢？谁家姑娘要出阁，就事前到侯银匠家把花轿订下来。这顶花轿不知抬过多少新娘子了。附近几条街巷的人家，大家小户，都用这顶花轿。杨家香店柜前立着一块竖匾，上面不是写的字，却是用金漆堆塑出一幅"鹤鹿同春"的画。弯着脖子吃草的金鹿和蜷一只腿的金鹤留给过往行人很深的印象，因为一天要看见好多次。而且这是一幅画，凡是画，只要画得不太难看，人们还是愿意看一眼的。这在劳碌的生活中也是一种享受。我们那里不知道为什么有这样一种规矩，香店里每天都要打一盆稀稀的浆糊，免费供应街邻。人家要用少量的浆糊，就拿一块小纸，到香店里去"寻"。——大量的当然不行，比如糊窗户、打袼褙，那得自己家里拿面粉冲。我小时糊风筝，就常到杨家香店寻浆糊（一个"三尾"的风筝是用不了多少浆糊的）……

戴家车匠店夹在两家之间。门面很小，只有一间。地势却颇高。跨进门坎，得上五层台阶。因此车匠店有点像个小戏台（戴车匠就好像在台上演戏）。店里正面是一堵板壁。板壁上有一副一尺多长，四寸来宽的小小的朱红对子，写的是：

室雅何须大
花香不在多

不知这是哪位读书人的手笔。但是看来戴车匠很喜欢这副对子。板壁后面，是住家。前面，是作坊。作坊靠西墙，放着两张车床。这所谓车床和现代的铁制车床是完全不同的。就像一张狭长的小床，木制的，有一个四框，当中有一个车轴，轴上安旋刀，轴下有皮条，皮条钉在踏板上，双脚上下踏动踏板，皮条牵动车轴，旋刀来回转动，车匠坐在坐板上，两手执定小块木料，车旋成器，这就是中国的古式的车床，——其原理倒是和铁制车床是一样的。这东西用语言是说不清楚的。（天工开物）之类的书上也许有车床的图，我没有查过。

靠里的车床是一张大的，那还是戴车匠的父亲留下的。老一辈人打东西不怕费料，总是超过需要的粗壮。这张老车床用了两代人，坐板已经磨得很光润，所有的榫头都还是牢牢实实的，没有一点活动。戴车匠嫌它过于笨重，就自己另打了一张新的。除了做特别沉重的东西，一般都使用外边较小的这一张。

戴车匠起得很早。在别家店铺才卸下铺板的时候，戴车匠已经吃了早饭，选好了材料，看看图样，坐到车床的坐板上了。一个人走进他的工作，是叫人感动的。他这就和这张床子成了一体，一刻不停地做起活来了。看到戴车匠坐在床子上，让人想起古人说的："百工居于肆，以成其器"。中国的工匠，都是很勤快的。好吃懒做的工匠，大概没有，——很少。

车匠做的活都是圆的。常言说："砍的没有旋的圆"。较粗的活是量米的升子，烧饼槌子。——我们那里擀烧饼不用擀杖，用一种特制的烧饼槌子，一段圆木头，车光了，状如一个小碌碡，当中掏出圆洞，插进一个木杆。较细的活是布掸子的把，——末端车成一个滴溜圆的小球或甘露形状；擀烧麦皮用的细擀杖，——我们那里擀烧麦皮用两根小擀杖同时擀，擀杖长五寸，粗如指，极光滑，两根擀杖须分量相等。最细致的活是装围棋子的槟榔木的小圆罐，——罐盖须严丝合缝，木理花纹不错分毫。戴车匠做得最多的是大小不等的滑车。这是三桅大帆船上用的。布帆升降，离不开滑车。做得了的东西，都悬挂在西边墙上，真是琳琅满目，细巧玲珑。

车匠用的木料都是坚实细致的，檀木——白檀，紫檀，红木，黄杨，枣木，梨木，最次的也是榆木的。戴车匠踩动踏板，执料就刀，旋刀轻轻地吟叫着，吐出细细的木花。木花如书带草，如韭菜叶，如番瓜瓤，有白的、浅黄的、粉红的、淡紫的，落在地面上，落在戴车匠的脚上，很好看。住在这条街上的孩子多爱上戴车匠家看戴车匠做活，一个一个，小傻子似的，聚精会神，一看看半天。

孩子们愿意上戴车匠家来，还因为他养着一窝洋老鼠——白耗子，装在一个一面有玻璃的长方木箱里，挂在东面的墙上。洋老鼠在里面踩车、推磨、上楼、下楼，整天不闲着，——无事忙。戴车匠这么大的人了，对洋老鼠并无多大兴趣，养来是给他的独儿子玩的。

一到快过清明节了，大街小巷的孩子就都惦记起戴车匠来。

这里的风俗，清明那天吃螺蛳，家家如此，说是清明吃螺蛳，可以明目。买几斤螺蛳，入盐，少放一点五香大料，煮出一大盆，可供孩子吃一天。孩子们除了吃，还可以玩，——用螺蛳弓把螺蛳壳射出去，螺蛳弓是竹制的小弓，有一支小弓箭，附在双股麻线拧成的弓弦上。竹箭从竹片窝成的弓背当中的一个窟窿里穿过去。孩子们用竹箭的尖端把螺蛳掏出来吃了，用螺蛳壳套在竹箭上，一拉弓弦，弓背弯成满月，一撒手，哒的一声，螺蛳壳便射了出去。射得相当高，相当远。在平地上，射上屋顶是没有问题的。——竹箭被弓背挡住，是射不出去的。家家孩子吃螺蛳，放螺蛳弓，因此每年夏天瓦匠捡漏时，总要从瓦楞里打扫下好些螺蛳壳来。不知道为什么，这种螺蛳弓都是车匠做，——其实这东西不用上床子旋，只要用破竹的作刀即能做成，应该由竹器店供应才对。清明前半个月，戴车匠就把别的活都停下来，整天地做螺蛳弓。孩子们从戴车匠门前过，就都兴奋起来。到了接近清明，戴车匠家就都是孩子。螺蛳弓分大、中、小三号，弹力有差，射程远近不同，价钱也不一样。孩子们眼睛发亮，挑选着，比较着，挨挨挤挤，叽叽喳喳，好不热闹。到清明那天，听吧，到处是拉弓放箭的声音："哒——哒！"

戴车匠每年照例要给他的儿子做一张特号的大弓。所有的孩子看了都羡慕。

戴车匠眯缝着眼睛看着他的儿坐在门坎上吃螺蛳，把螺蛳壳用力地射到对面一家倒闭了的钱庄的屋顶上，若有所思。

他在想什么呢？

他的儿子已经八岁了。他该不会是想：这孩子将来干什么？是让他也学车匠，还是另外学一门手艺？世事变化很快，他隐隐约约觉得，车匠这一行恐怕不能永远延续下去。

一九八一年，我回乡了一次（我去乡已四十余年）。东街已经完全变样，戴家车匠店已经没有痕迹了。——侯家银匠店，杨家香店，也都没有了。也许这是最后一个车匠了。

一九八五年七月

收字纸的老人

中国人对于字有一种特殊的崇拜心理，认为字是神圣的。有字的纸是不能随便抛掷的。亵渎了字纸，会遭到天谴。因此，家家都有一个字纸篓。这是一个小口、宽肩的扁篓子，竹篾为胎，外糊白纸，正面竖贴着一条二寸来宽的红纸，写着四个正楷的黑字："敬惜字纸"。字纸篓都挂在一个尊贵的地方，一般都在堂屋里家神菩萨的神案的一侧。隔十天半月，字纸篓快满了，就由收字纸的收去。这个收字纸的姓白，大人小孩都叫他老白。他上岁数了，身体却很好。满腮的白胡子茬，衬得他的脸色异常红润。眼不花，耳不聋。走起路来，腿脚还很轻快。他背着一个大竹筐，推门走进相熟的人家，到堂屋里把字纸倒在竹筐里，转身就走，并不惊动主人。有时遇见主人正在堂屋里，也说说话，问问老太爷的病好些了没有，小少爷快该上学了吧……

他把这些字纸背到文昌阁去，烧掉。

文昌阁的地点很偏僻，在东郊，一条小河的旁边，一座比较大的灰黑色的四合院。叫做阁，其实并没有什么阁。正面三间朝北的平房，砖墙瓦顶，北墙上挂了一幅大立轴，上书"文昌帝君之神位"，纸色已经发黑。香案上有一副锡制的香炉烛台。除此之外，一无所有，显得空荡荡的。这文昌帝君不知算是什么神，只知道他原先也是人，读书人，曾经连续做过十七世士大夫，不知道怎么又变成了"帝君"。他是司文运的。更具体地说，是掌握读书人的功名的。谁该有什么功名，都由他决定。因此，读书人对他很崇敬。过去，每逢初一、十五，总有一些秀才或候补秀才到阁里来磕头。要是得了较高的功名，中了举，中了进士，就更得到文昌阁来拈香上供，感谢帝君恩德。科举时期，文昌阁在一县的士人心目中是占据很重要的位置的，后来，就冷落下来了。

正房两侧，各有两间厢房。西厢房是老白住的。他是看文昌阁的，也可以说是一个庙祝。东厢房存着一副《文昌帝君阴骘文》的书版。当中是一个颇大的院子，种着两棵柿子树。夏天一地浓阴，秋天满株黄柿。柿树之前，有一座一人多高的砖砌的方亭子，亭子的四壁各有一个脸盆大的圆洞。这便是烧化字纸的化纸炉。化纸炉设在文昌阁，顺理成章。老白收了字纸，便投在化纸炉里，点火焚烧。化纸炉四面通风，不大一会，就烧尽了。

老白孤身一人，日子好过。早先有人拈香上供，他可以得到赏钱。有时有人家拿几刀纸让老白代印《阴骘文》（印了送人，是一种积德的善举），也会送老白一点工钱。老白印了多次《阴骘文》几乎能背下来了（他是识字的），开头是："帝君曰：吾一十七世为士大夫，身未尝虐民酷吏……"后来，也没有人来印《阴骘文》了，这副版子就闲在那里，落满了灰尘。不过老白还是饿不着的。他挨家收字纸，逢年过节，大家小户都会送他一点钱。端午节，有人家送他几个粽子；八月节，几个月饼；年下，给他二升米，一方咸肉。老白粗茶淡饭，怡然自得。化纸之后，关门独坐。门外长流水，日长如小年。

他有时也会想想县里的几个举人、进士到阁里来上供谢神的盛况。往事历历，如在目前。有一天夜里，他做了一个梦，李三老爷点了翰林，要到文昌阁拈香。旗锣伞扇，摆了二里长。他听见有人叫他："老白！老白！李三老爷来进香了，轿子已经到了螺蛳坝，你还不起来把正门开了！"老白一骨碌坐起来，愣怔了半天，才想起来三老爷已经死了好几年了。这李三老爷虽说点了翰林，人缘很不好，一县人背后都叫他李三麻子。

老白收了字纸，有时要抹平了看看（他怕万一有人家把房地契当字纸扔了，这种事曾经发生过）。近几年他收了一些字纸，却一个字都不认得。字横行如蚯蚓，还有些三角、圆圈、四方块。那是中学生的英文和几何的习题。他摇摇头，把这些练习本和别的字纸一同填进化纸炉烧了。孔夫子和欧几里德、纳斯菲尔于是同归于尽。老白活到九十七岁，无疾而终。

花　瓶

这张汉是对门万顺酱园连家的一个亲戚兼食客，全名是张汉轩，大家都叫他张汉，大概觉得已经沦为食客，就不必"轩"了。此人有七十岁了，长得活脱像一个伏尔泰，一张尖脸，一个尖尖的鼻子。他年轻时在外地做过幕，走过很多地方，见多识广，什么都知道，是个百事通。比如说抽烟，他就告诉你烟有五种：水、旱、鼻、雅、潮。"雅"是鸦片。"潮"是潮烟，这地方谁也没见过。说喝酒，他就能说出山东黄、状元红、莲花白……说喝茶，他就告诉你狮峰龙井、苏州的碧螺春，云南的"烤茶"是怎样在一个罐里烤的，福建的功夫茶的茶杯比酒盅还小，就是吃了一只炖肘子，也只能喝三杯，这茶太酽了。他熟读《子不语》、《夜雨秋灯录》，能讲许多鬼狐故事。他还知道云南怎样放蛊，湘西怎样赶尸。他还亲眼见到过旱魃、僵尸、狐狸精，有时间，有地点，有鼻子有眼。三教九流，医卜星相，他全知道。他读过《麻衣神相》《柳庄神相》，会算"奇门遁甲"、"六壬课"、"灵棋经"。他总要到快九点钟时才出现（白天不知道他干什么），他一来，大家精神为之一振，这一晚上就全听他一个人白话。

（旧作《异秉》）

张汉在保全堂药店讲过许多故事。有些故事平平淡淡，意思不大（尽管他说得神乎其神）。有些过于不经，使人难信。有一些却能使人留下强烈印象，日后还会时常想起。

下面就是他讲过的一个故事。

死生由命，富贵在天。不但是人，就是猫狗，也都有它的命。就是一件器物，什么时候毁坏，在它造出来的那一天，就已经注定了。

江西景德镇，有一个瓷器工人，专能制造各种精美瓷器。他造的瓷器，都很名贵。他同时又是个会算命的人。每回造出一件得意的瓷器，他就给这件瓷器算一个命。有一回，他造了一只花瓶。出窑之后，他都呆了：这是一件窑变，颜色极美，釉彩好像在不停地流动，光华夺目，变幻不定。这是他入窑之前完全没有想到的。他给这只花瓶也算了一个命。花瓶脱手之后，他就一直设法追踪这只宝器的下落。

过了若干年，这件花瓶数易其主，落到一家人家。当然是大户人家，而且是爱好古玩的收藏家。小户人家是收不起这样价值连城的花瓶的。

这位瓷器工人，访到了这家，等到了日子，敲门求见。主人出来，知是远道来客，问道："何事？"——"久闻府上收了一只窑变花瓶，我特意来看看。——我是造这只花瓶的工人。"主人见这人的行动有点离奇,但既是造花瓶的人,不便拒绝,便迎进客厅待茶。瓷器工人抬眼一看,花瓶摆在条案上,别来无恙。主人好客,虽是富家,却不倨傲。他向瓷器工人讨教了一些有关烧窑挂釉的学问,并拿出几件宋元瓷器,请工人鉴赏。宾主二人,谈得很投机。

忽然听到当啷一声,条案上的花瓶破了!主人大惊失色,跑过去捧起花瓶,跌着脚连声叫道:"可惜!可惜——好端端地,怎么会破了呢?"

瓷器工人不慌不忙,走了过去,接过花瓶,对主人说:"不必惋惜。"他从瓶里摸出一根方头铁钉,并让主人向花瓶胎里看一看。只见瓶腹内用蓝釉烧着一行字:

某年月日时鼠斗落钉毁此瓶

这是一个迷信故事。这个故事当然是编出来的。不过编得很有情致。这比许多荒唐恐怖的迷信故事更能打动人,并且使人获得美感。一件瓷器的毁损，也都是前定的，这种宿命观念不可谓不深刻。这故事是谁编的？为什么要编出这样的故事？迷信当然不能提倡，但是宿命观念是久远而且牢固的，它将会在相当长的时间内，在中国人的思想里潜伏。人类只要还不能完全掌握自己的命运，迷信总还会存在。许多迷信故事应当收集起来，这对我们了解这个民族长期形成的心理素质是有帮助的。从某一方面说，这也是一宗文化遗产。

如意楼和得意楼

扬州人早上皮包水（上茶馆），晚上水包皮（上澡堂子）。扬八属（扬州所属八县）莫不如此，我们那个小县城就有不少茶楼。竺家巷是一条不很长，也不宽的巷子，巷口就有两家茶馆。一家叫如意楼，一家叫得意楼。两家茶馆斜对门。如意楼坐西朝东，得意楼坐东朝西。两家离得很近。下雨天，从这家到那家，三步就能跳过去。两家的楼上的茶客可以凭窗说话，不用大声，便能听得清清楚楚。如要隔楼敬烟，把烟盒轻轻一丢，对面便能接住。如意楼的老板姓胡，人称胡老板或胡老二。得意楼的老板姓吴，人称吴老板或吴老二。

上茶馆并不是专为喝茶。茶当然是要喝的。但主要是去吃点心。所以"上茶馆"又带"吃早茶"。"明天我请你吃早茶。"——"我的东，我的东！"——"我先说的，我先说的！"茶馆又是人们交际应酬的场所。摆酒请客，过于隆重。吃早茶则较为简便，所费不多。朋友小聚，店铺与行客洽谈生意，大都是上茶馆。间或也有为了房地纠纷到茶馆来"说事"的。有人居中调停，两下拉拢；有人仗义执言，明辨是非，有点类似江南的"吃讲茶"。上茶馆是我们那一带人生活里的重要项目，一个月里总要上几次茶馆。有人甚至是每天上茶馆的，熟识的茶馆里有他的常座和单独给他预备的茶壶。

扬州一带的点心是很讲究的，世称"川菜扬点"。我们那个县里茶馆的点心不如扬州富春那样的齐全，但是品目也不少。计有：

包子。这是主要的。包子是肉馅的《不像北方的包子往往掺了白菜或韭菜》。到了秋天，螃蟹下来的时候，则在包子嘴上加一撮蟹肉，谓之"加蟹"。我们那里的包子是不收口的。捏了摺子，留一个小圆洞，可以看到里面的馅。"加蟹"包子每一个的口上都可以看到一块通红的蟹黄，油汪汪的，逗引人们的食欲。野鸭肥壮时，有几家大茶馆卖野鸭馅的包子，一般茶馆没有。如意楼和得意楼都未卖过。

蒸饺。皮极薄，皮里一包汤汁。吃蒸饺须先咬破一个口，将汤汁吸去。吸时要小心，否则烫嘴。蒸饺也是肉馅，也可以加笋，——加切成米粒大的冬笋细末，则须于正价之外，另加笋钱。

烧麦。烧麦通常是糯米肉末为馅。别有一种"清糖菜"烧麦，乃以青菜煮至稀烂，菜叶菜梗，都已溶化，略无渣滓，少加一点盐，加大量的白糖、猪油，搅成糊状，用为馅。这种烧麦蒸熟后皮子是透明的，从外面可以看到里面碧绿的馅,故又谓之翡翠烧麦。

千层油糕。

糖油蝴蝶花卷。

蜂糖糕。

开花馒头。

在点心没有上桌之前,先喝茶,吃干丝。我们那里茶馆里吃点心都是现要,现包,现蒸,现吃。笼是小笼,一笼蒸十六只。不像北方用大笼蒸出一屉,拾在盘子里。因此要了点心,得等一会。喝茶、吃干丝的时候,也是聊天的时候,干丝是扬州镇江一带特有的东西。压得很紧的方块豆腐干,用快刀劈成薄片,再切为细丝,即为干丝。干丝有两种。一种是烫干丝。干丝在开水里烫后,加上好秋油、小磨麻油、金钩虾米、姜丝、青蒜末。上桌一拌,香气四溢。一种是煮干丝,乃以鸡汤煮成,加虾米、火腿。煮干丝较俗,不如烫干丝清爽。吃干丝必须喝浓茶。吃一筷干丝,呼一口茶,这样才能各有余味,相得益彰。有爱喝酒的,也能就干丝喝酒。早晨喝酒易醉，常言说"莫饮卯时酒，昏昏直至酉。"但是我们那里爱喝"卯酒"的人不少。这样喝茶、吃干丝，吃点心，一顿早茶要吃两个来小时。我们那里的人，过去的生活真是够悠闲的。——一九八一年我回乡一次，吃早茶的风气还有，但大家吃起来都是匆匆忙忙的了。恐怕原来的生活节奏也是需要变一变。

如意楼的生意很好。一大清早，小徒弟就把铺板卸了，把两口炉灶升起来，——一口烧开水，一口蒸包子，巷口就弥漫了带硫磺味道的煤烟。一个师傅剁馅。茶馆里剁馅都是在一个高齐人胸的粗大的木墩上剁。师傅站在一个方木块上，两手各执一把厚背的大刀，抡起胳膊，乒乒乓乓地剁。一个师傅就一张方桌边切干丝。另外三个师傅揉面。"打到的媳妇揉到的面"，包子皮有没有咬劲，全在揉。他们都很紧张，很专注，很卖力气。一天就这样开始了。

如意楼的胡二老板有三十五六了。他是个矮胖子，生得五短，但是很精神。双眼皮，大眼睛，满面红光，一头乌黑的短头发。他是个很勤勉的人。每天早起，店门才开，他即到店。各处巡视，尝尝肉馅咸淡，切开揉好的面，看看蜂窝眼的大小。我们那里包包子的面不能发得太大，不像北方的包子，过于暄腾，得发得只起小孔，谓之"小酵面"。这样才筋道，而且不会把汤汁渗进包子皮。然后，切下一小块面，在烧红的火叉上烙一烙，闻闻面香，看兑碱兑的合适不合适。其实师傅们调馅兑碱都已很有经验，准保咸淡适中，酸碱合度，不会有差。但是胡老二还是每天要视验一下，方才放心。然后，就坐下来和师傅们一同擀皮子、刮馅儿、包包子、烧麦、蒸饺……（他是学过这行手艺的，是城里最大的茶馆小蓬莱出身）茶馆的案子都是比较矮的，他一坐下，就好像短了半截。如意楼做点心的有三个人，连胡老二自己，四个。胡二老板坐在靠外的一张矮板凳上，为的是有熟客来时，好欠起屁股来打个招呼："您来啦！您请楼上坐！"客人点点头，就一步一步登上了楼梯。

胡老二在东街不算是财主，他自己总是很谦虚地说他的买卖本小利微，经不起风雨。他和开布店的、开药店的、开酱园的、开南货店的、开棉席店的……自然不能相比。他既是财东，又是耍手艺的。他穿短衣时多，很少有穿了长衫，摇着扇子从街上走的时候。但是大家都知道他手里很足实，这些年正走旺字。屋里有金银，外面有戥秤。他一天卖了多少笼包子，下多少本，看多少利，本街的人是算得出来的。"如意楼"这块招牌不大，但是很亮堂。招牌下面缀着一个红布条，迎风飘摆。

相形之下，对面的得意楼就显得颇为暗淡。如意楼高朋满座，得意楼茶客不多。上得意楼的多是上城完粮的小乡绅、住在五湖居客栈的外地人，本街的茶客少。有些是上了如意楼楼上一看，没有空座，才改主意上对面的。其实两家卖的东西差不多，但是大家都爱上如意楼，不爱上得意楼。这真是没有办法的事。

得意楼的老板吴老二有四十多了，是个细高条儿，疏眉细眼。他自己不会做点心的手艺，整天只是坐在账桌边写账，——其实茶馆是没有多少账好写的。见有人来，必起身为礼："楼上请！"然后扬声吆喝："上来×位！"这是招呼楼上的跑堂的。他倒是穿长衫的。账桌上放着一包哈德门香烟，不时点火抽一根，蹙着盾头想心事。

得意楼年年亏本，混不下去了。吴老二只好改弦更张，另辟蹊径。他把原来做包点的师傅辞了，请了一个厨子，茶馆改酒馆。旧店新开，不换招牌，还叫做得意楼。开张三天，半卖半送。鸡鸭鱼肉，煎炒烹炸，面饭两便，气象一新。同街店铺送了大红对子，道喜兼来尝新的络绎不绝，颇为热闹。过了不到二十天，就又冷落下来了。门前的桌案上摆了几盘煎热了的鱼，看样子都不怎么新鲜。灶上的铁钩上挂了两只鸡，颜色灰白。纱橱里的猪肝、腰子，全都瘪塌塌地摊在盘子里。吴老二脱去了长衫，穿了短袄，系了一条白布围裙，从老板降格成了跑堂的了。他肩上搭了一条抹布，围裙的腰里别了一把筷子。——这不知是一种什么规矩，酒馆的跑堂的要把筷子别在腰里。这种规矩，别处似少见。他脚上有脚垫，又是"跺趾"——脚趾头撅着，走路不利索。他就这样一拐一拧地招呼座客。面色黄白，两眼无神，好像害了一种什么不易治疗的慢性病。

得意楼酒馆看来又要开不下去。一街的人都预言，用不了多久，就会关张的。

吴老二蹙着眉头想："我怎么就这么不走运呢？"

他不知道，他的买卖开不好，原因就是他的精神萎靡。他老是这么拖拖沓沓，没精打采，吃茶饭的顾客，一看见他的呆滞的目光，就倒了胃口。

一个人要兴旺发达，得有那么一点精神。

一九八五年七月上旬作

郝有才趣事

郝有才一辈子没有什么露脸的事。也没有多少现眼的事。他是个极其普通的人，没有什么特点。要说特点，那就是他过日子特别仔细，爱打个小算盘。话说回来了，一个人过日子仔细一点，爱打个小算盘，这碍着别人什么了？为什么有些人总爱拿他的一些小事当笑话说呢？

他是三分队的。三分队是舞台工作队。一分队是演员队，二分队是乐队。管箱的，——大衣箱、二衣箱、旗包箱，梳头的，检场的……这都归三分队。郝有才没有坐过科，拜过师，是个"外行"，什么都不会，他只会装车、卸车、搬布景、挂吊杆，干一点杂活。这些活，看看就会，没有三天力巴。三分队的都是"苦哈哈"，他们的工资都比较低。不像演员里的"好角",一月能拿二百多、三百。也不像乐队里的名琴师、打鼓佬,一月也能拿一百八九。他们每月都只有几十块钱。"开支"的时候,工资袋里薄薄的一叠,数起来很省事。他们的家累也都比较重,孩子多。因此,三分队的过日子都比较简省,郝有才是其尤甚者。

他们家的饭食很简单。不过能够吃饱。一年难得吃几次鱼,都是带鱼,熬一大盆,一家子吃一顿。他们家的孩子没有吃过虾。至于螃蟹,更不知道是什么滋味了。中午饭有什么吃什么,窝头、贴饼子、烙饼、馒头、米饭。有时也蒸几屉包子,菠菜馅的、韭菜馅的、茴香馅的,肉少菜多。这样可以变变花样,也省粮食。晚饭一般是吃面。炸酱面、麻酱面。茄子便宜的时候,茄子打卤。扁豆老了的时候,焖扁豆面,——扁豆焖熟了,把面往锅里一下,一翻个儿,得!吃面浇什么,不论,但是必须得有蒜。"吃面不就蒜,好比杀人不见血!"他吃的蒜也都是紫皮大瓣。"青皮萝卜紫皮蒜,抬头的老婆低头的汉,这是上讲的!"他的蒜都是很磁棒，很鼓立的，一头是一头，上得了画，能拿到展览会上去展览。每一头都是他精心挑选过，挨着个儿用手捏过的。

不但是蒜，他们家吃的菜也都是经他精心挑选的。他每天中午、晚晌下班，顺便买菜。从剧团到他们家共有七家菜摊，经过每一个菜摊，他都要下车——他骑车，问问价，看看菜的成色。七家都考察完了，然后决定买哪一家的，再骑车翻回去选购。卖菜的约完了，他都要再复一次秤，——他的自行车后架上随时带着一杆小秤。他买菜回来，邻居见了他买的菜都羡慕："你瞧有才买的这菜，又水灵，又便宜！"郝有才翩腿下车，说："货买三家不吃亏，——您得挑！"

郝有才干了一件稀罕事。他对他们家附近的烧饼、焦圈作了一次周密的调查研究。他早点爱吃个芝麻烧饼夹焦圈。他家在西河沿。他曾骑车西至牛街，东至珠市口，把这段路上每家卖烧饼焦圈的铺子都走遍，每一家买两个烧饼、两个焦圈，回家用戥子一一约过。经过细品，得出结论：以陕西巷口大庆和的质量最高。烧饼分量足,焦圈炸得透。他把这结论公诸于众,并买了几套大庆和的烧饼焦圈,请大家品尝。大家嚼食之后,一致同意他的结论。于是纷纷托他代买。他也乐于跑这个小腿。好在西河沿离陕西巷不远,骑车十分钟就到了。他的这一番调查给大家留下深刻印象,因为别人都没有想到。

剧团外出,他不吃团里的食堂。每次都是烙了几十张烙饼,用包袱皮一包,带着。另外带了好些卤虾酱、韭菜花、臭豆腐、秦椒糊、豆儿酱、芥菜疙瘩、小酱萝卜,瓶瓶罐罐,丁零当啷。他就用这些小菜就干烙饼。一到烙饼吃完,他就想家了,想北京,想北京的"吃儿"。他说,在北京,哪怕就是虾米皮熬白菜,也比外地的香。"为什么呢?因为,——五味神在北京!""五味神"是什么神?至今尚未有人考证过,不见于载籍。

他抽烟,抽烟袋,关东。他对于烟叶,要算个行家。什么黑龙江的亚布利、吉林的交河烟、易县小叶乃至云南烤烟,他只要看看,捏一撮闻闻,准能说出个子午卯酉。不过他一般不上烟铺买烟，他遛烟摊。这摊上的烟叶子厚不厚，口劲强不强，是不是"灰白火亮"，他老远地一眼就能瞧出来。卖烟的耍的"手彩"别想瞒过他。什么"插翎儿""洒药"，全都逃不过他的眼睛。"几捆烟摆在地下，你一瞧，色气好，叶儿挺厚实，拐子不多，不赖！卖烟的打一捆里，噌——抽出了一根：'尝尝！尝尝！'你揉一揉往烟袋里一摁，点火，抽！真不赖，'满口烟'，喷香！其实他这几捆里就这一根是好的，是插进去的，——卖烟的知道。你再抽抽别的叶子，不是这个味儿了！——这为'插翎'。要说，这个'侃儿'起得挺有个意思，烟叶可不有点像鸟的翎毛么？还有一种，归'洒药'。地下一堆碎烟叶。你来了，卖烟的抢过你的烟袋：'来一袋，尝尝！试试！'给你装了一袋，一抽：真好！其实这一袋，是他一转身的那工夫，从怀里掏出来给你装上的，——这是好烟。你就买吧！买了一包，地下的，一抽，咳！——屁烟！——'洒药'！"

他爱喝一口酒。不多，最多二两。他在家不

喝。家里不预备酒，免得老想喝。在小铺里喝。不就菜，抽关东烟就酒。这有个名目，叫做"云彩酒"。

他爱逛寄卖行。他家大人孩子们的鞋、袜、手套、帽子，都是处理品。剧团外出，他爱逛商店，遛地摊，买"俏货"。他买的俏货都不是什么贵重东西。凉席、雨伞、马莲根的炊帚、铁丝笊篱……他买俏货，也有吃亏上当的时候。有一次，他从汉口买了一套套盆，——绿釉的陶盆，一个套着一个，一套五个，外面最大的可以洗被窝，里面最小的可以和面。他就像收藏家买了一张唐伯虎的画似的，高兴得不得了。费了半天劲，才把这套宝贝弄上车。不想到了北京，出了前门火车站，对面一家山货店里就有，东西和他买的一样，价钱比汉口便宜。他一气之下，恨不能把这套套盆摔碎了。——当然没有，他还是咬着嘴唇把这几十斤重的东西背回去了。"郝有才千里买套盆"落下一个"哏"，供剧团的很多人说笑了个把月。

说话，到了"文化大革命"。"文化大革命"乍一起来的时候,郝有才也蒙了。这是怎么回事呢?昨天还是书记、团长,三叔、二大爷,一宵的工夫,都成了走资派、"三名三高"。大字报铺天盖地。小伙子们都像"上了法",一个个杀气腾腾,瞧着都瘆得慌。大家都学会了嚷嚷。平日言迟语拙的人忽然都长了口才,说起话一套一套的。郝有才心想:这算哪一出呢?渐渐地他心里踏实了。他知道"革命"革不到他头上。他头一回知道:三分队的都是红五类——工人阶级。各战斗组都拉他们。三分队的队员顿时身价十倍。有的人趾高气扬,走进走出都把头抬得很高。他们原来是人下人,现在翻身了!也有老实巴交的,还跟原来一样,每天上班,抽烟喝水,低头听会。郝有才基本上属于后一类。他也参加大批判,大辩论,跟着喊口号,叫"打倒",但是他没有动手打过人,往谁脸上啐过唾沫,给谁嘴里抹过浆糊。他心里想:干嘛呀,有朝一日,还要见面。只有一件事少不了他。造反派上谁家抄家时总得叫上他,让他蹬平板三轮,去拉抄出来的"四旧"。他翻翻抄出来的东西,不免生一点感慨：真有好东西呀！

没多久，派来了军、工宣队，搞大联合，成立了革命委员会。

又没多久，这个团被指定为样板团。

样板团有什么好处？——好处多了！

样板团吃样板饭。炊事班每天变着样给大伙做好吃的。番茄焖牛肉、香酥鸡、糖醋鱼、包饺子、炸油饼……郝有才觉得天天过年。肚子里油水足，他胖了。

样板团发样板服。每年两套的确良制服，一套深灰，一套浅灰。穿得仔细一点，一年可以不用添置衣裳。——三分队还有工作服。到了冬天，还发一件棉军大衣。领大衣时，郝有才闹了一点小笑话。

棉大衣共有三个号：一号、二号、三号——大、中、小。一般身材，穿二号。矮小一点的，三号就行了。能穿一号的，全团没有几个。三分队的队长拿了一张表格，叫大家报自己的大衣号，好汇总了报上去。到了郝有才，他要求登记一件一号的。队长愣了:"你多高?"——"一米六二。"——"那你要一号的?你穿三号的!——你穿上一号的像什么样子,那不成了道袍啦?"——"一号的,一号的!您给我登一件一号的!劳您驾!劳您驾!"队长纳了闷了,问他:"你这是什么意思?"他说了实话:"我拿回去,改改。下摆铰下来,能缝一副手套。"——"吓!什么人呐!全团有你这样的吗?领一件大衣,还饶一副手套!亏你想得出来!"队长把这事汇报了上去,军代表把他叫去训了一通。到底还是给他登记了一件三号的。

郝有才干了一件不大露脸的事,拿了人家五个羊蹄。他到一家回民食堂挑了五个羊蹄,趁着人多,售货员没注意,拿了就走,——没给钱。不想售货员早注意上他了,一把拽住:"你给钱了吗?"——"给啦!"——"给了多少?我还没约呐,你就给了钱啦?"——"我现在给!"——"现在给?——晚啦!"旁边围了一圈人,都说:"真不像话!""还是样板团的哪!"(他穿着样板服哪)。售货员非把他拉到公安局去不可。公安局的人一

郝有才趣事　255

看,就五个羊蹄,事不大,就说:"你写个检查吧!"——"写不了!我不认字。"公安局给剧团打了个电话,让剧团把他领回去。

军、工宣队研究了一下,觉得问题不大,影响不好,决定开一个小会,在队里批评批评他。

会上发言很热烈,每个人都说了。有人念了好几段毛主席语录。有一位能看"三列国"的管箱的师傅掏出一本《雷锋日记》,念了好几篇,说:"你瞧人家雷锋,风格多高。你瞧你,什么风格!——你简直的没有格!你好好找找差距吧!拿人家五个羊蹄。五个羊蹄,能值多少钱!你这么大的人了!小孩子也干不出这种事来!哎哟哎哟,你叫我说你什么好噢!我都替你寒碜。"军代表参加了这次会,看大家发言差不多了,就说:"郝有才,你也说说。"

"说说。我这叫'爱小',贪小便宜。贪小便宜吃大亏呀!我怎么会贪小便宜?我打小就穷。我爸死得早,我妈是换取灯的……"

军代表不知道什么是"换取灯的",旁边有人给他解释半天,军代表明白了,"哦。"

"我打小什么都干过。拣煤核，打执事……"

什么是打执事，军代表也不懂，又得给他解释半天。

"哦。"

"后来，我拉排子车，——拉小绊，我力气小，驾不了辕，只能拉小绊。

"有一回，大夏天，我发了痧，死过去了。也不知是哪位好心的，把我搭在前门门洞里。我醒过来了，瞅着瓮券上的城砖：'我这是在哪儿呐？'……"

三分队的出身都比较苦，类似的经历，他们也都有过，听了心里都有点难受，有人眼圈都红了。

"后来，我拉了两年洋车。

"后来，给陈××拉包月。"陈××是个名演员，唱老生的。

"拉包月，倒不累。除了拉大爷上馆子——"

"上馆子？陈××爱吃馆子？"军代表不明白。

又得给他解释："上馆子就是上剧场。"

"除了拉大爷上馆子，就是拉大奶奶上东安市场买买东西。"

军代表听到"大爷"、"大奶奶",觉得很不舒服,就打断了他:"不要说'大爷'、'大奶奶'。"

"对!他是老板,我是拉车的。我跟他是两路人。除了,……咳,陈××爱吃红菜汤,他老让我到大地餐厅去给他端红菜汤。放在车上给他拉回来。我拉车、拉人,还拉红菜汤,你说这叫什么事!"

军代表听着,不知道他要说到哪里去,就又打断了他:"不要扯得太远,不要离题,说说你对自己的错误的认识。"

"对,说认识。我这就要回到本题上来了。好容易,解放了,我参加了剧团。剧团改国营,我每月有了准收入,冻不着,饿不死了。这都亏了共产党呀!——中国共产党万岁!"

他抽不冷子来了这么一句,大伙不能不举起手来跟着他喊:

"中国共产党万岁!"

"这以后,剧团归为样板团,咱们是一步登天哪!'板儿饭','板儿服',真是没的说!可我居然干出这种丢人现眼的事，我给样板团抹了黑。我对得起谁？你们说：我对得起谁？嗯？……"

他问得理直气壮，简直有点咄咄逼人。

军代表觉得他再也说不出什么了，就做了简短的结论：

"郝有才同志的检查不够深刻。不过态度还是好的，也有沉痛感，一个人犯了错误，不要紧，只要改正了就好。对于犯错误的同志，我们不应该歧视他，轻视他，而是要热情地帮助他。"接着又说："对于任何人，都要一分为二。比如郝有才同志，他有缺点，爱打个小算盘。他也有优点嘛！比如，他每天给大家打开水，这就是优点。这也是为人民服务嘛！希望他今后能发扬优点，克服缺点，做一名无愧于样板团称号的文艺战士！"

会就开到了这里。过了没多久，郝有才可干了一件十分露脸的事。他早起上班打开水，上楼梯的时候绊了一下，暖壶碰在栏干上，"砰！"把一个暖壶胆瓪了。暖壶胆瓪了，照例是可以拿到总务科去领一个的。郝有才不知怎么一想，他没去总务科去领，自己掏钱，到菜市口配了一个。——而且没有告诉任何人。不过人们还是知道了，大家传开了："有才这回干了一件漂亮事！"——"他这样的人，干出这样的事，尤其难得！"见了他，都说："有才！好样儿的！"——"有才！你这进步可是不小哇！——我简直都不敢相信。"郝有才觉得美不滋儿的。

军、工宣队知道了，也都认为这是他们的思想工作的成果。事情不大，意义不小，于是决定让他在全团大会上作一次讲用。

要他讲用，可是有点困难。他不认字，不能写讲稿。让别人替他写讲稿也不成，他念不下来。只好凭他用口讲。军代表把他叫去，启发了半天，让他讲讲自己的活思想，——当时是怎么想的，怎样让公字占领了自己的思想，克服了私心，最好能引用两段毛主席语录。军代表心想，他虽不识字，可是大家整天念语录，他听也应该听会几段了。

那天讲用一共三个人。前面两个，都讲得不错，博得全场掌声。第三个是郝有才。郝有才上了台，向毛主席像行了一个礼，然后转过身来，大声地说：

"毛主席教导我们说：瓩了就瓩了！"

大家先是一愣，接着都忍不住哈哈大笑起来。主持会议的军代表原来还绷着，终于憋不住，随着大家一同哈哈大笑。他一边大笑，一边挥手："散会！"

安乐居

安乐居是一家小饭馆，挨着安乐林。安乐林围墙上开了个月亮门，门头砖额上刻着三个经石峪体的大字，像么回事。走进去，只有巴掌大的一块地方，有几十棵杨树。当中种了两棵丁香花，一棵白丁香，一棵紫丁香，这就是仅有的观赏植物了。这个林是没有什么逛头的，在林子里走一圈，五分钟就够了。附近一带养鸟的爱到这里来挂鸟。他们养的都是小鸟，红子居多，也有黄雀。大个的鸟，画眉、百灵是极少的。他们不像那些以养鸟为生活中第一大事的行家，照他们的说法是"瞎玩儿"。他们不养大鸟，觉得那太费事，"是它玩我，还是我玩它呀？"把鸟一挂，他们就蹲在地下说话儿，——也有自己带个马扎儿来坐着的。

这么一片小树林子，名声却不小，附近几条胡同都是依此命名。安乐林头条、安乐林二条……这个小饭馆叫做安乐居，挺合适。

安乐居不卖米饭炒菜。主食是包子、花卷。每天卖得不少，一半是附近的居民买回去的。这家饭馆其实叫个小酒铺更合适些。到这儿来的喝酒比吃饭的多。这家的酒只有一毛三分一两的。北京人喝酒，大致可以分为几个层次：喝一毛三的是一个层次，喝二锅头的是一个层次，喝红粮大曲、华灯大曲乃至衡水老白干的是一个层次，喝八大名酒是高层次，喝茅台的是最高层次。安乐居的"酒座"大都是属于一毛三层次，即最低层次的。他们有时也喝二锅头，但对二锅头颇有意见，觉得还不如一毛三的。一毛三，他们喝"服"了，觉得喝起来"顺"。他们有人甚至觉得大曲的味道不能容忍。安乐居天热的时候也卖散啤酒。

酒菜不少。煮花生豆、炸花生豆。暴腌鸡子。拌粉皮。猪头肉，——单要耳朵也成，都是熟人了！猪蹄，偶有猪尾巴，一忽的工夫就卖完了。也有时卖烧鸡、酱鸭,切块。最受欢迎的是兔头。一个酱兔头,三四毛钱,至多也就是五毛多钱,喝二两酒,够了。——这还是一年多以前的事,现在如果还有兔头也该涨价了。这些酒客们吃兔头是有一定章法的,先掰哪儿,后掰哪儿,最后磕开脑绷骨,把兔脑掏出来吃掉。没有抓起来乱啃的,吃得非常干净,连一丝肉都不剩。安乐居每年卖出的兔头真不老少。这个小饭馆大可另挂一块招牌:"兔头酒家"。

酒客进门,都有准时候。

头一个进来的总是老吕。安乐居十点半开门。一开门,老吕就进来。他总是坐在靠窗户一张桌子的东头的座位。一年三百六十五天,天天如此。这成了他的专座。他不是像一般人似的"垂足而坐",而是一条腿盘着,一条腿曲着,像老太太坐炕似的踞坐在一张方凳上,——脱了鞋。他不喝安乐居的一毛三,总是自己带了酒来,用一个扁长的瓶子,一瓶子装三两。酒杯也是自备的。他是喝慢酒的,三两酒从十点半一直喝到十二点差一刻:"我喝不来急酒。有人结婚，他们闹酒，我就一口也不喝，——回家自己再喝！"一边喝酒，吃兔头，一边不住地抽关东烟。他的烟袋如果丢了，有人捡到一定会还给他的。谁都认得：这是老吕的。白铜锅儿，白铜嘴儿，紫铜杆儿。他抽烟也抽得慢条斯理的，从不大口猛吸。这人整个儿是个慢性子。说话也慢。他也爱说话，但是他说一个什么事都只是客观地叙述，不大参加自己的意见，不动感情。一块儿喝酒的买了兔头，常要发一点感慨："那会儿，兔头，五分钱一个，还带俩耳朵！"老吕说："那是多会儿？——说那个，没用！有兔头，就不错。"西头有一家姓屠的，一家子都很浑愣，爱打架。屠老头儿到永春饭馆去喝酒，和服务员吵起来了，伸手就揪人家脖领子。服务员一胳臂把他搡开了。他憋了一肚子气。回去跟儿子一说。他儿子二话没说，捡了块砖头，到了永春，一砖头就把服务员脑袋开了！结果：儿子抓进去了，屠老头还得负责人家的医药费。这件事老吕亲眼目睹。一块儿喝酒的问起，他详详细细叙述了全过程。坐在他对面的老聂

安乐居　265

听了，说：

"该！"

坐在里面犄角的老王说：

"这是什么买卖！"

老吕只是很平静地说："这回大概得老实两天。"

老吕在小红门一家木材厂下夜看门。每天骑车去，路上得走四十分钟。他想往近处挪挪，没有合适的地方，他说："算了！远就远点吧。"

他在木材厂喂了一条狗。他每天来喝酒，都带了一个塑料口袋，安乐居的顾客有吃剩的包子皮，碎骨头，他都捡起来，给狗带去。

头几天，有人要给他说一个后老伴，——他原先的老伴死了有二年多了。这事他的酒友都知道，知道他已经考虑了几天了，问起他："成了吗？"老吕说："——不说了。"他说的时候神情很轻松，好像解决了一个什么难题。他的酒友也替他感到轻松。他们几乎异口同声地说：

"不说了？——不说了好！添乱！"

老吕于是慢慢地喝酒，慢慢地抽烟。

比老吕稍晚进店的是老聂。老聂总是坐在老吕的对面。老聂有个小毛病，说话爱眨巴眼。凡是说话爱眨眼的人，脾气都比较急。他喝酒也快，不像老吕一口一口地抿。老聂每次喝一两半酒，多一口也不喝。有人强往他酒碗里倒一点，他拿起酒碗就倒在地下。他来了，搁下一个小提包，转身骑车就去"奔"酒菜去了。他"奔"来的酒菜大都是羊肝、沙肝。这是为他的猫"奔"的，——他当然也吃点。他喂着一只小猫。"这猫可仁义！我一回去，它就在你身上蹭——蹭！"他爱吃豆制品。熏干、鸡腿、麻辣丝……小葱下来的时候，他常常用铝饭盒装来一些小葱拌豆腐。有一回他装来整整两饭盒腌香椿。"来吧！"他招呼全店酒友。"你哪来这么多香椿？——这得不少钱！"——"没花钱！乡下的亲家带来的。我们家没人爱吃。"于是酒友们一人抓了一撮。剩下的，他都给了老吕。"吃完了，给我把饭盒带来！"一口把余酒喝净，退了杯，"回见！"出门上车，吱溜——没影儿了。

老聂原是做小买卖的。他在天津三不管卖过相当长时期炒肝。现在退休在家。电话局看中他家所在的"点",想在他家安公用电话。他嫌钱少,麻烦。挨着他家的汽水厂工会愿意每月贴给他三十块钱,把厂里职工的电话包了。他还在犹豫。酒友们给他参谋:"行了!电话局每月给钱,汽水厂三十,加上传电话、送电话,不少!坐在家里拿钱,哪儿找这么好的事去!"他一想,也是!

老聂的日子比过去"滋润"了,但是他每顿还是只喝一两半酒,多一口也不喝。

画家来了。画家风度翩翩,梳着长长的背发,永远一丝不乱。衣着入时而且合体。春秋天人造革猎服,冬天羽绒服。——他从来不戴帽子。这样的一表人材,安乐居少见。他在文化馆工作,算个知识分子,但对人很客气,彬彬有礼。他这喝酒真是别具一格:二两酒,一扬脖子,一口气,下去了。这种喝法,叫做"大车酒",过去赶大车的这么喝。西直门外还管这叫"骆驼酒",赶骆驼的这么喝。文墨人,这样喝法的,少有。他和老王过去是街坊。喝了酒,总要走过去说几句话。"我给您添点儿?"老王摆摆手,画家直起身来,向在座的酒友又都点了点头,走了。

我问过老王和老聂:"他的画怎么样?"

"没见过。"

上海老头来了。上海老头久住北京,但是口音未变。他的话很特别,在地道的上海话里往往掺杂一些北京语汇:"没门儿!""敢情!"甚至用一些北京的歇后语:"那么好!武大郎盘杠子——上下够不着!"他把这些北京语汇、歇后语一律上海话化了,北京字眼,上海语音,挺绝。上海老头家里挺不错,但是他爱在外面逛,在小酒馆喝酒。

"外面吃酒,——香!"

他从提包里摸出一个小饭盒,里面有一双截短了的筷子、多半块熏鱼、几只油爆虾、两块豆腐干。要了一两酒,用手纸擦擦筷子,吸了一口酒。

"您大概又是在别处已经喝了吧?"

"啊!我们吃酒格人,好比天上飞格一只鸟(读如"屌"),格小酒馆,好比地上一棵树。鸟飞在天上,看到树,总要落一落格。"

安乐居

如此妙喻，我未之前闻，真是长了见识！这只鸟喝完酒，收好筷子，盖好小饭盒，拎起提包，要飞了：

"晏歇会！——明儿见！"

他走了，老王问我："他说什么？喝酒的都是屌？"安乐居喝酒的都很有节制，很少有人喝过量的。也喝得很斯文，没有喝了酒胡咧咧的。只有一个人例外。这人是个瘸子，左腿短一截，走路时左脚跟着不了地，一晃一晃的。他自己说他原来是"勤行"——厨子，煎炒烹炸，南甜北咸，东辣西酸。说他能用两个鸡蛋打三碗汤，鸡蛋都得成片儿！但我没有再听到他还有什么特别的手艺，好像他的绝技只是两个鸡蛋打三碗汤。以这样的手艺自豪，至多也只能是一个"二荤铺"的"二把刀"。——"二荤铺"不卖鸡鸭鱼，什么菜都只是"肉上找"，——炒肉丝、熘肉片、扒肉条……他现在在汽水厂当杂工，每天蹬平板三轮出去送汽水。这辆平板归他用，他就半公半私地拉一点生意。口袋里一有钱，就喝。外边喝了，回家还喝；家里喝了，外面还喝。有一回喝醉了，摔在黄土坑胡同口，脑袋碰在一块石头上，流了好些血。过两天，又来喝了。我问他："听说你摔了？"他把后脑勺伸过来，挺大一个口子。"唔！唔！"他不觉得这有什么丢脸，好像还挺光彩。他老婆早上在马路上扫街，挺好看的。有两个金牙，白天穿得挺讲究，色儿都是时兴的，走起路来扭腰拧胯，咳，挺是样儿。安乐居的熟人都替她惋惜："怎么嫁了这么个主儿！——她对瘸子还挺好！"有一回瘸子刚要了一两酒，他媳妇赶到安乐居来了，夺过他的酒碗，顺手就泼在了地上："走！"拽住瘸子就往外走，回头向喝酒的熟人解释："他在家里喝了三两了，出来又喝！"瘸子也不生气，也不发作，也不觉有什么难堪，乖乖地一摇一晃地家去了。

瘸子喝酒爱说。老是那一套，没人听他的。他一个人说。前言不搭后语，当中夹杂了很多"唔唔唔"：

"……宝三，宝善林，唔唔唔，知道吗？宝三摔跤，唔唔唔。宝三的跤场在哪儿？知道吗？唔唔唔。大金牙、小金牙，唔唔唔。侯宝林。侯宝林是云里飞的徒弟，唔唔唔。《逍遥律》，'欺寡人'——'七挂人'，唔唔唔。干嘛老是'七挂人'？'七挂人'，唔唔唔。天津人讲话：'嘛事你啦？'唔唔唔。二娃子，你可不咋着！唔唔唔……"

喝酒的对他这一套已经听惯了，他爱说让他说去吧！只有老聂有时给他两句：

"老是那一套，你贫不贫？有新鲜的没有？你对天桥熟，天桥四大名山，你知道吗？"

瘸子爱管闲事。有一回，在李村胡同里，一个市容检查员要罚一个卖花盆的款，他插进去了："你干嘛罚他？他一个卖花盆的，又不脏，又没有气味，'污染'，他'污染'什么啦？罚了款，你们好多拿奖金？你想钱想疯了！卖花盆的，大老远地推一车花盆，不容易！"他对卖花盆的说："你走，有什么话叫他朝我说！"很奇怪，他跟人辩理的时候话说得很明快，也没有那么多"唔唔唔"。

第二天，有人问起，他又把这档事从头至尾学说了一遍，有声有色。

老聂说:"瘸子,你这回算办了件人事!"

"我净办人事!"

喝了几口酒,又来了他那一套:"宝三,宝善林,知道吗?唔唔唔……"

老吕、老聂都说:"又来了!这人,不经夸!"

"四大名山?"

我问老王:"天桥哪儿有个四大名山?"

"咳!四块石头。永定门外头过去有那么一座小桥,——后来拆了。桥头一边有两块石头,这就叫'四大名山'。你要问老人们,这永定门一带景致多哩!这会儿都没有人知道了。"

老王养鸟,红子。他每天沿天坛根遛早,一手提一只鸟笼,有时还架着一只。他把架棍插在后脖领里。吃完早点,把鸟挂在安乐林,聊会天,大约十点三刻,到安乐居。他总是坐在把角靠墙的座位。把鸟笼放好,架棍插在老地方,打酒。除了有兔头,他一般不吃荤菜,或带一条黄瓜,或一个西红柿、一个橘子、一个苹果。老王话不多,但是有时打开话匣子,也能聊一气。我跟他聊了几回,知道：他原先是扛包的。

"我们这一行，不在三百六十行之内。三百六十行，没这一行！"

"你们这一行没有祖师爷？"

"没有！"

"有没有传授？"

"没有！不像给人搬家的，躺箱、立柜、八仙桌、桌子上还常带着茶壶茶碗自鸣钟，扛起来就走，不带磕着碰着一点的，那叫技术！我们这一行，有力气就行！"

"都扛什么？"

"什么都扛，主要是粮食。顶不好扛的是盐包，——包硬，支支楞楞的，硌。不随体。扛起来不得劲儿。扛包，扛个几天就会了。要说窍门，也有。一包粮食，一百多斤，搁在肩膀上，先得颤两下。一颤，哎，包跟人就合了槽了，合适了！扛熟了的，也能换换样儿。跟递包的一说：'您跟我立一个！'哎，立一个！""竖着扛？""竖着扛。'您给我'搭一个！'"斜搭着？""斜搭着。"

"你们那会拿工资？计件？"

"不拿工资，也不是计件。有把头——"

"把头，把头不是都是坏人吗？封建把头嘛！"

"也不是！他自己也扛，扛得少点。把头接了一批活：'哥几个！就这一堆活，多会扛完了多会算。'每天晚半晌，先生结账，该多少多少钱。都一样。有临时有点事的，觉得身上不大合适的，半路地儿要走，您走！这一天没您的钱。"

"能混饱了？"

"能！那会吃得多！早晨起来，半斤猪头肉，一斤烙饼。中午，一样。每天每晚半晌吃得少点。半斤饼，喝点稀的，喝一口酒。齐啦。——就怕下雨。赶上连阴天，惨啰：没活儿。怎么办呢，拿着面口袋，到一家熟粮店去：'掌柜的！''来啦！几斤？'告诉他几斤几斤，'接着！'没的说。赶天好了，拿了钱，赶紧给人家送回去。为人在世，讲信用。家里揭不开锅的时候，少！……

"……三年自然灾害，可把我饿惨了。浑身都膀了。两条腿，棉花条。别说一百多斤，十来多

安乐居　275

斤,我也扛不动。我们家还有一辆自行车,凤凰牌,九成新。我妈跟我爸说:'卖了吧,给孩子来一顿!'丰泽园!我叫了三个扒肉条,喝了半斤酒,开了十五个馒头,——馒头二两一个,三斤!我妈直害怕:'别把杂种操的撑死了哇'……"

"您现在每天还能吃……?"

"一斤粮食。"

"退休了?"

"早退了!——后来我们归了集体。干我们这行的,四十五就退休,没有过四十五的。现在扛包的也没有了,都改了传送带。"

老王现在每天夜晚在一个幼儿园看门。

"没事儿!扫扫院子,归置归置,下水道不通了,——通通!活动活动。老呆着干嘛呀,又没病!"

老王走道低着脑袋,上身微微往前倾,两腿叉得很开,步子慢而稳,还看得出有当年扛包的痕迹。

这天,安乐居来了三个小伙子:长头发,小胡子、大花衬衫、苹果牌牛仔裤、尖头高跟大盖鞋，变色眼镜。进门一看："嗨，有兔头！"——他们是冲着兔头来了。这三位要了十个兔头、三个猪蹄、一只鸭子、三盘包子，自己带来八瓶青岛啤酒，一边抽着"万宝路"，一边吃喝起来。安乐林喝酒的老酒座都瞟了他们一眼。三位吃喝了一阵，把筷子一摔，走了。都骑的是亚马哈。嘟嘟嘟……桌子上一堆碎骨头、咬了一口的包子皮，还有一盘没动过的包子。

老王看着那盘包子，撇了撇嘴：

"这是什么买卖！"

这是老王的口头语。凡是他不以为然的事，就说"这是什么买卖！"

老王有两个鸟友，也是酒友。都是老街坊，原先在一个院里住。这二位现在都够万元户。

一个是佟秀轩，是裱字画的。按时下的价目，裱一个单条：14—16元。他每天总可以裱个五六幅。这二年，家家都又愿意挂两条字画了。尤其是退休老干部。他们收藏"时贤"字画，自己也爱

安乐居　277

写、爱画。写了、画了,还自己掏钱裱了送人。因此,佟秀轩应接不暇。他收了两个徒弟。托纸、上板、揭画,都是徒弟的事。他就管管配绫子,装轴。他每天早上遛鸟。遛完了,如果活儿忙,就把鸟挂在安乐林,请熟人看着,回家刷两刷子。到了十一点多钟,到安乐林摘了鸟笼子,到安乐居。他来了,往往要带一点家制的酒菜:炖吊子、烩鸭血、拌肚丝儿……佟秀轩穿得很整洁,尤其是脚下的两只鞋。他总是穿礼服呢花旗底的单鞋,圆口的、或是双脸皮梁鞡鞋。这种鞋只有右安门一家高台阶的个体户能做。这个个体户原来是内联升的师傅。

另一个是白薯大爷。他姓白,卖烤白薯。卖白薯的总有些邋遢,煤呀火呀的。白薯大爷出奇的干净。他个头很高大,两只圆圆的大眼睛,顾盼有神。他腰板绷直,甚至微微有点后仰,精神!蓝上衣,白套袖,腰系一条黑人造革的围裙,往白薯炉子后面一站,嘿!有个样儿!就说他的精神劲儿,让人相信他烤出来的白薯必定是栗子味儿的。白薯大爷卖烤白薯只卖一上午。天一亮，把白薯车子推出来，把鸟——红子，往安乐林一挂，自有熟人看着，他去卖他的白薯。到了十二点，收摊。想要吃白薯，明儿见啦您哪！摘了鸟笼，往安乐居。他喝酒不多。吃菜！他没有一颗牙了，上下牙床子光光的，但是什么都能吃，——除了铁蚕豆，吃什么都香。"烧鸡烂不烂？"——"烂！""来一只！"他买了一只鸡，撕巴撕巴，给老王来一块脯子，给酒友们让让："您来块？"别人都谢了，他一人把一只烧鸡一会的工夫全开了。"不赖，烂！"把鸡架子包起来，带回去熬白菜。"回见！"

这天，老王来了，坐着，桌上搁一瓶五星牌二锅头，看样子在等人。一会儿，佟秀轩来了，提着一瓶汾酒。

"走啊！"

"走！"

我问他们："不在这儿喝了？"

"白薯大爷请我们上他家去，来一顿！"

第二天，老王来了，我问：

"昨儿白薯大爷请你们吃什么好的了?"

"荞面条!——自己家里擀的。青椒!蒜!"

老吕、老聂一听:

"嘿!"

安乐居已经没有了。房子翻盖过了。现在那儿是一个什么贸易中心。

一九八六年七月五日晨写完

鲍团长

鲍团长是保卫团的团长。

保卫团是由商会出钱养着的一支小队伍。保卫什么人？保卫大商家和有钱有势的绅士大户人家，防备土匪进城抢劫。这支队伍样子很奇怪。说兵不是兵。他们也穿军装，打绑腿，可是军装绑腿既不是草绿色的，也不是灰色的，而是"海昌蓝"的。——也不像警察，警察的制服是黑的。叫做"团"，实际上只有一排人。多半是从各种杂牌军开小差下来的。他们的任务是每天晚上到大街小巷巡逻一遍。有时大户人家办红白喜事，鲍团长会派两个弟兄到门口去站岗。他们也出操、拔正步。拔正步对他们是没有什么意义的，因为他们从来不参加检阅。日常无事，就在团部擦枪。下雨天更是擦枪的日子。

　　保卫团的团部在承志桥。承志桥在承志河上。承志河由通湖桥流下来，向东汇入护城河，终年是有水的。承志桥是一座木桥。这座桥有点特别，上有瓦盖的顶，两边有"美人靠"——两条长板，板上设有有弧度的栏杆，可以倚靠，故名"美人靠"。这座桥下雨天可以躲雨，夏天可以乘凉。靠在"美人靠"上看桥下河水，是一种享受。桥上时常有卖熟荸荠的担子，可以"抽牌九"的卖花生糖、芝麻糖的挑子。桥之北有一家木厂，沿河堆了很多杉木。放学的孩子喜欢在杉木梢头跳跃，于杉木的弹动起落中得到快乐。木厂之西，是杨家巷。承志桥以南一带也统称为承志桥。保卫团的团部在承志桥的东面。原本是一个祠堂。房屋很宽敞。西面三大间是办公室。后墙贴着总理遗像，两边是"革命尚未成功"、"同志仍须努力"。总理遗像下是一张大办公桌。南北两边靠墙立着枪架子，二十来支汉阳造七九步枪整齐地站着。一边墙上有三支"二腔盒子"。

鲍团长名崇岳,山东掖县人,行伍出身。十几岁就投了张宗昌的部队。张宗昌被打垮了,他在孙传芳的"联军"里干了几年。孙传芳下野,他参加了国民革命军——这一带人称之为"党军",屡升为营长。行军时可以骑马,有一个勤务兵。

他很少谈军旅生活,有时和熟朋友,比如杨宜之,茶余酒后,也聊一点有趣的事。比如:在战壕里也是可以抽大烟的。用一个小茶壶,把壶盖用洋蜡烛油焊住,壶盖上有一个小孔,就可以安烟泡,茶壶嘴便是烟枪,点一个小蜡烛头,——是烟灯。也可以喝酒。不少班排长背包里有一个"酒馒头"。把馒头在高粱酒里泡透,晒干;再泡,再晒干。没酒的时候,掰两片,在凉水里化开,这便是酒。杨宜之问他,听说张宗昌队伍里也有军歌:

  三国战将勇,首推赵子龙。长坂坡前逞啊英雄。还有张翼德,黑头大脑壳。

鲍团长哈哈大笑,说:有!有!有!

鲍崇岳怎么会到这个小县城来当一个保卫团长呢？他所在的那个团驻扎到这个县，在地方党政绅商的接风宴会上，意外地见到小时候一同读私塾的一个老同学，在县政府当秘书，他乡遇故，酒后畅谈。鲍崇岳表示，他对军队生活已经厌倦，希望找个地方清清静静地住下来，写写字。老同学说："这好办，你来当保卫团长。"老同学找商会会长王蕴之一说，王蕴之欣然同意，说："薪金按团长待遇。只是对鲍营长来说，太屈尊了。"老同学说："他这人，我知道，无所谓。"

王蕴之为什么欢迎鲍崇岳来当保卫团长呢？一来，保卫团的兵一向吊儿郎当，需要有人来管束；更重要的是：有他来，可以省掉商会乃至县政府的许多麻烦。这个县在运河岸边，过往的军队很多。鲍崇岳在军队上的朋友很多，有的是旧同事，有的是换帖的把兄弟，有的是在帮，都是安清门里的。鲍崇岳可以充当军队和地方的桥梁。过境或驻扎的军队要粮要草要供应，有鲍崇岳去拜望一下，叙叙旧，就可以少要一点，有点纠纷摩擦，鲍崇岳一张片子，就能大事化小。有鲍崇岳在，部队的营团长也不便纵任士兵胡作非为。鲍团长对保障地方的太平安静，实在起很大作用。因此，地方上的人对他很有好感，很尊敬。在这个小县城里，一个保卫团长也算是头面人物。

鲍团长的日子过得很潇洒，隔了三五天，他到团部来一次，泡一杯茶，翻翻这几天的新闻报、老申报、批几张报销条子，——所报的无非是擦枪油、棉丝、火伕买的芦柴、煤块、洋铁壶，到承志桥一带人家升起煮中饭的炊烟，就站起身来。值日班长喊了一声"立正"，他已经跨出保卫团部大门的麻石门槛。

鲍团长是个大块头，方肩膀，长方脸，方下巴。留一个一寸长短的平头，——当时这叫"陆军头"，很有军人风度，但是言谈举止温文尔雅。他是行伍出身，但在从军前读过几年私塾。塾师是丁老秀才，能写北碑大字，鲍团长笔下通顺，函牍往来，不会闹笑话，受塾师影响，也爱写字。当地有人恭维他是"儒将"，鲍团长很谦虚地说："儒将，不敢当，俺是个老粗"，但是对这样的恭维，在心里颇有几分得意。

鲍团长平常不穿军服。他有一身马裤呢的军装，只有在重要场合，总理诞辰纪念会，合县党政绅商欢迎省里下来视察工作的厅长或委员的盛会上，才穿一次。他平常穿便衣，"小打扮"，上身是短袄（钉了很大的扣子），下身扎腿长裤。县里人私下议论，说这跟他在红帮有关系。杨宜之问过他："你是不是在红帮？"鲍崇岳不否认。杨宜之问："听说红帮提画眉笼，两个在帮的'盘道'，一个问'画眉吃什么'？——'吃肉'，立刻抽出一把攮子，卷起裤腿，三刀切出一块三角肉，扔给画眉，画眉接着，吧咋吧咋，就吃了，有没有这回事？"鲍崇岳说："瞎说！"鲍团长到绅士大户人家应酬出客，穿长衫，还加一件马褂。

鲍团长在这个县呆了十多年，和县里的绅士都有人情来往，马家——马士杰家、王家——王蕴之家、杨家……每逢这几家有喜丧寿庆，他是必到的。事前也必送一个幛子或一副对子，幛子、对联上是他自己写的"石门铭"体的大字。一个武人，能写这样的字，使人惊奇。杨宜之说："据我看，全县写"石门铭"的，除了王荫之，要数你，什么时候王大太爷回来，你把你的字送给他看看。"

杨家是世家大族。杨宜之的父亲十九岁就中了进士，做过两任知府。杨家所住的巷子就叫杨家巷。杨家巷北头高，南头低，坡度很大，拉黄包车从北头来，得直冲下来。杨家北面地势高，叫做"高台子"。由平地上高台子要过三十级砖阶。高台上一座大厅，很敞亮，是杨宜之宴客的地方。每回宴客，杨宜之都给鲍团长送去知单。鲍团长早早就到了。鲍团长是杨宜之的棋友。开席前后，大厅里有两桌麻将。别人打麻将，杨宜之和鲍崇岳在大厅西边一间小书房里下围棋。有时牌局三缺一，杨宜之只好去凑一角，鲍崇岳就一个人摆《桃花谱》，或是翻看杨宜之所藏的碑帖。

鲍团长家住在咸宁庵。从承志桥到咸宁庵，杨家巷是必经之路，有时离团部早，就顺脚跨进杨家的高门槛——杨家的门槛特别高，过去杨家有大事，就把门槛拆掉，好进轿子——找杨宜之闲谈一会，鲍崇岳的老伴薰了狗肉，鲍崇岳就给杨宜之带去一块，两个人小酌一回。——这地方一般人是不吃狗肉的。

近三个月来，鲍崇岳遇到三件不痛快的事。

第一件：

鲍崇岳早就把家眷搬来了。他有一儿一女，儿子叫鲍亚璜、女儿叫鲍亚琮。鲍亚璜、鲍亚琮和杨宜之的女儿杨淑媛从小同学，同一所小学，同一所初中。杨淑媛和鲍亚琮是同班好朋友。鲍亚璜比她们高一班。鲍亚琮常到杨淑媛家去，一同做功课、玩。杨淑媛也常到鲍亚琮家去。她们有什么算术题不会做，就问鲍亚璜。鲍亚璜初中毕业，考取了外地的高中，就要离开这个县了。一天，他给杨淑媛写了一封情书。这件事鲍崇岳不知道。他到杨宜之家去，杨宜之拿出这封信说："写这样的信，他们都太早了一点。"鲍崇岳看了信，很生气，说："这小子，我回去要好好教训他一顿！"杨宜之说："小孩子的事，不必认真。"杨宜之话说得很含蓄，很委婉，但是鲍崇岳从杨宜之的微笑中读出了言外之意：鲍家和杨家门第悬殊太大了！鲍团长觉得受了侮辱。从此，杨淑媛不再到鲍家来。鲍崇岳也很少到杨家去了。杨家有事，不得已，去应酬一下，不坐席。

第二件：

本县湖西有一个纨绔浮浪子弟，乘抗日军兴之机，拉起一支队伍，和顾祝同、冷欣拉上关系，号称独立混成旅，在里下河一带活动。他们队伍开到县境，祸害本土，鱼肉乡民，敲诈勒索，无所不为。他行八，本地人都称之为"八舅太爷"。本地把蛮不讲理的叫做舅太爷。商会会长王蕴之把鲍团长请去，希望他利用军伍前辈的身份，找八舅太爷规劝规劝。鲍团长这天特意穿了军装，到八舅太爷的旅部求见。门岗接了鲍团长的名片．说"请稍候"。不大一会，门岗把原片拿出来，说："旅长说：不见！"鲍崇岳一辈子没有碰过这样一鼻子灰，气得他一天没有吃饭。他这个老资格现在吃不开了。这么一点事都办不了，要他这个保卫团长干什么，他觉得愧对乡亲父老。

第三件：

本县有个大书法家王荫之，是商会会长王蕴之的长兄，合县人称之为大太爷。他写汉碑，专攻《石门铭》，他把《石门铭》和草书化在一起，创出一种"王荫之体"，书名满江南江北。鲍崇岳见过不少他的字，既遒劲，也妩媚，潇洒流畅，顾盼生姿，很佩服。他和无锡荣家是世交，常年住在无锡，荣家供养着他，梅园的不少联匾石刻都是他的手笔。他每年难得回本乡住一两个月。上个月，回乡来了。鲍崇岳拿出自己写的一本卷子，托王蕴之转给大太爷看看，请大太爷指点指点。如果有缘识荆，亲聆教诲，尤为平生幸事。过了一个月，王荫之回无锡去了，把鲍崇岳的一卷字留给了王蕴之。鲍崇岳拆开一看，并无一字题识。鲍崇岳心里明白：王荫之看不起他的字。

鲍崇岳绕室徘徊，忽然意决，提笔给王蕴之写了一封信，请求辞去保卫团长。信送出后，他叫老伴摊几张煎饼，卷了大葱面酱，就着一碟酱狗肉、一包炒花生，喝了一斤高粱。既醉既饱，铺开一张六尺宣纸，写了一个大横幅，溶《石门铭》入行草，一笔到底，不少踟蹰，书体略似王荫之：

　　田彼南山荒秽不治种一顷豆落而为萁人生行乐耳须富贵何时

　　写罢掷笔，用按钉按在壁上，反覆看了几遍，很得意。

　　　　　　　　　　　一九九二年十一月二十二日

忧郁症

龚星北家的大门总是开着的。从门前过，随时可以看得见龚星北低着头，在天井里收拾他的花。天井靠里有几层石条，石条上摆着约三四十盆花。山茶、月季、含笑、素馨、剑兰。龚星北是望五十的人了，头发还没有白的，梳得一丝不乱。方脸，鼻梁比较高，说话的声气有点瓮。他用花剪修枝，用小铁铲松土，用喷壶浇水。他穿了一身纺绸裤褂，趿着鞋，神态萧闲。

龚星北在本县算是中上等人家，有几片田产，日子原是过得很宽裕的。龚星北年轻时花天酒地，把家产几乎挥霍殆尽。

他敢陪细如意子同桌打牌。

细如意子姓王，"细如意子"是他的小名。全城的人都称他为"细如意子",没有多少人知道他的大名。他兼祧两房,到底有多少亩田,连他自己也不清楚。这是个荒唐透顶的膏粱子弟。他的嫖赌都出了格了。他曾经到上海当过一天皇帝。上海有一家超级的妓院,只要你舍得花钱,可以当一天皇帝:三宫六院。他打麻将都是"大二四"。没人愿意陪他打,他拉人入局,说"我跟你老小猴",就是不管输赢,六成算他的,三成算是对方的。他有时竟能同时打两桌麻将。他自己打一桌,另一桌请一个人替他打,输赢都是他的。替他打的人只要在关键的时候,把要打的牌向他照了照,他点点头,就算数。他打过几副"名牌"。有一次他一副条子的清一色在手,听嵌三索。他自摸到一张三索,不胡,随手把一张幺鸡提出来毫不迟疑地打了出去。在他后面看牌的人一愣。转过一圈,上家打出一张幺鸡。"胡!"他算准了上家正在做一副筒子清一色,手里有一张幺鸡不敢打,看细如意子自己打出一张幺鸡,以为追他一张没问题,没想到他胡的就是自己打出去的牌。清一色平胡。清一色三番,平胡一番，四番牌，老麻将只是"平"（平胡）、"对"（对对胡）、"杠"（杠上开花）"海"（海底捞月）、"抢"（抢杠胡）加番，嵌当、自摸都没有番。围看的人问细如意子："你准知道上家手里有一张幺鸡？"细如意子说："当然！打牌，就是胆大赢胆小！"龚星北娶的是杨六房的大小姐。杨家是名门望族。这位大小姐真是位大小姐，什么事也不管，连房门也不大出，一天坐在屋里看《天雨花》《再生缘》，喝西湖龙井，磕苏州采芝斋的香草小瓜子。她吃的东西清淡而精致。拌荠菜、马兰头、申春阳的虾籽豆腐乳、东台的醉蛏鼻子、宁波的泥螺、冬笋炒鸡丝、砗螯烧乌青菜。她对丈夫外面所为，从来不问。

前年她得了噎嗝。"风痨气臌嗝，阎王请的客"，这是不治之症。请医吃药，不知花了多少钱，拖了小半年，终于还是溘然长逝了。

龚星北卖了四十亩好田，买了一副上好的棺木，办了丧事。

丧事自有李虎臣帮助料理。

李虎臣是一个好管闲事的热心肠的人。亲戚家有红白喜事,他都要去帮忙。提调一切,有条有理,不须主人家烦心。

他还有个癖好,爱做媒。亲戚家及婚年龄的少男少女,他都很关心,对他们的年貌性格、生辰八字,全都了如指掌。

丧事办得很风光。细如意子送了僧、道、尼三棚经。杨家、龚家的亲戚都戴了孝,随柩出殡,从龚家出来,白花花的一片。路边看的人悄悄议论:"龚星北这回是尽其所有了。"

丧偶之后,龚星北收了心,很少出门,每天只是在天井里莳弄石条上的三四十盆花。山茶、月季、含笑、素馨。穿着纺绸裤褂,趿着鞋,意态萧闲。

他玩过乐器,琵琶、三弦都能弹,尤其擅长吹笛。他吹的都是古牌子,是一个老笛师传的谱。上了岁数,不常吹,怕伤气。但是偶尔吹一两曲。笛风还是很圆劲。

龚星北有二儿一女。大儿子龚宗寅,在农民银

忧郁症

行做事。二儿子龚宗亮，在上海念高中。女儿龚淑媛，正在读初中。

龚宗寅已经订婚。未婚妻裴云锦，是裴石坡的女儿。李虎臣做的媒。龚宗寅和裴云锦也在公共场合、亲戚家办生日做寿时见过，彼此印象很好。裴云锦的漂亮，在全城是出了名的。

裴云锦女子师范毕业后，没有出去做事。她得支撑裴家这个家。裴石坡可以说是"一介寒儒"。他是教育界的。曾经当过教育局的科长、县督学，做过两任小学校长。县里人提起裴石坡，都很敬重。他为人和气，正直，而且有学问。但是因为不善逢迎，没有后台，几次都被排挤了下来。赋闲在家，已经一年。这一年就靠一点很可怜的积蓄维持着。除了每天两粥一饭，青菜萝卜，裴石坡还要顾及体面，有一些应酬。亲友家有红白喜事，总得封一块钱"贺仪""奠仪"，到人家尽到礼数。裴云锦有两个弟弟，裴云章、裴云文，都在读初中，云章读初三，云文读初二。他们都没有读大学的志愿。云章毕业后准备到南京考政法学校，云文准备到镇江考师范。这两个学校都是不要交费的。但是要给他们预备路费、置办行装，这得一笔钱。裴家的值一点钱的古董字画，都已经变卖得差不多了，上哪儿去弄这笔钱去？大姐云锦天天为这事发愁。裴石坡拿出一件七成新的滩羊皮袍，叫云锦当了。云锦接过皮袍，眼泪滴了下来。裴石坡说："不要难过。等我找到事，有了钱，再赎回来。反正我现在也不穿它。"龚家希望裴云锦早点嫁过来。龚星北请李虎臣到裴家去说说。裴石坡通情达理，说一家没有个女人，不是个事，请李虎臣择定个日子。

裴云锦把姑妈接来，好帮着洗洗衣裳，做做饭。裴云锦换了一身衣裳：水红色的缎子旗袍，白缎子鞋，鞋头绣了几瓣秋海棠。这是几年前就预备下的。云锦几次要卖掉，裴石坡坚决不同意，说："裴石坡再穷，也不能让女儿卖她的嫁衣！"龚宗寅雇了两辆黄包车，龚宗寅、裴云锦各坐一辆，裴云锦嫁到龚家了。

龚家没有大办，只摆了两桌酒席，男宾女宾各一席。裴云锦拜见了龚家的长辈，斟了酒。裴云锦是个林黛玉型的美人，瓜子脸，尖尖的下巴，眉清目秀，唇红齿白。穿了这一身嫁衣，更显得光彩照人。一个老姑奶奶攥着云锦的手，上上下下端详了半天，连声说："不丑不丑！真标致！真是水葱也似的！宗寅啊，你小子有造化！可得好好待她，别委屈了人家姑娘！姑娘，他若是亏待了你，你来找我，我给你出气！"老姑奶奶在龚家很有权威性，谁都得听她的。她说一句，龚宗寅连忙答应："嗳！嗳！嗳！"逗得一桌子大笑，连裴云锦也忍不住抿嘴笑了。

新婚燕尔，小两口十分恩爱。

进门就当家。三朝回门过后，裴云锦就想摸摸龚家究竟还有多少家底，好考虑怎么当这个家。检点了一下放田契房契的匣子。只有两张田契了，加在一起不到四十亩。有两张房契，一所是身底下住着的，一所是租给同康泰布店的铺面。看看婆婆的首饰箱子，有一对水碧的镯子，一只蓝宝石戒指，一只石榴米红宝石的戒指。这是万万动不得的。四口大皮箱里是婆婆生前穿过的衣裳，倒都是"慕本缎"的。但是"陈丝如烂草",变不出什么钱来。裴云锦吃了一惊:原来龚家只剩下一个空架子,每月的生活只是靠宗寅的三十五块钱的薪水在维持着。

同康泰交的房钱够买米打油,但是龚家人大手大脚惯了,每餐饭总还要见点荤腥。公公每天还要喝四两酒,得时常给他炒一盘腰花,或一盘鳝鱼。

老大宗寅生活很简朴,老二宗亮可不一样。他在上海读启明中学。启明中学是一所私立中学,收费很贵,入学的都是少爷小姐(这所中学入学可以不经过考试,只要交费就行)。宗亮的穿戴不能过于寒碜,他得穿毛料的制服,单底尖头皮鞋。还要有些交际,请同学吃吃南翔馒头,乔家栅的点心。

小姑子龚淑媛初中没有毕业,就做了事,在电话局当接线生。这个电话局是私人办的。龚淑媛靠了李虎臣的面子才谋到这个工作。薪水很低,一个月才十六块钱。电话局很小,全县城也没有几部电话,工作倒是很清闲。但是龚淑媛心里很不痛快。她的同班同学都到外地读了高中,将来还会上大学的，她却当了个小小的接线生，她很自卑，整天耷拉着脸。她和大嫂的感情也不好。她觉得她落到这一步，好像裴云锦要负责。她怀疑裴云锦"贴娘家"。

"贴娘家"也是有之的。逢年过节，裴家实在过不去的时候，龚宗寅就会拿出十块、八块钱来，叫裴云锦偷偷地塞给姑妈，好让裴石坡家混过一段。裴云锦不肯，龚宗寅说："送去吧，这不是讲面子的时候！"

龚家到了实在困难的时候，就只有变卖之一途。裴云锦把一些用不着的旧锡器，旧铜器搜出来，把收旧货的叫进门，作价卖了。她把一副郑板桥的对子，一幅边寿民的芦雁交给李虎臣卖给了季匋民。这样对对付付的过日子，本地话叫做"折皱"。

又要照顾一个穷困的娘家，又要维持一个没落的婆家，两副担子压在肩膀上，裴云锦那么单薄的身子，怎么承受得住？

嫁过来已经三年，裴云锦没有怀孕，她深深觉得对不起龚家。

裴云锦疯了！有人说她疯了，有人说她得了精神病，其实只是严重的忧郁症。她一天不说话，只是搬了一张椅子坐在房门口，木然地看着檐前的日影或雨滴。

龚宗寅下班回来，看见裴云锦没有坐在门口，进屋一看，她在床头栏杆上吊死了。解了下来，已经气绝多时。龚宗寅大喊："我对不起你！对不起你呀！这些年你没有过过一天松心的日子呀！"裴石坡闻讯赶来，抚尸痛哭："是我拖累了你，是我这个无用的老子拖累了你！"

裴云锦舌尖微露，面目如生。上吊之前还淡淡抹了一点脂粉。她穿着那身水红色缎子旗袍，脚下是那双绣几瓣秋海棠的白缎子鞋。

龚星北作主，把那只蓝宝石戒指卖了，买了一口棺材。不要再换衣服，就用身上的那身装殓了。这身衣服，她一生只穿过两次。

龚星北把天井里的山茶、月季、含笑、素馨的花头都剪了下来，撒在裴云锦的身上。

年轻暴死,不好在家停灵,第二天就送到龚家祖坟埋葬了。

送葬的有龚星北、龚宗寅、龚淑媛,——龚宗亮没有赶回来;裴石坡、裴云章、裴云文、李虎臣;还有裴云锦的几个在女子师范时的要好的同学。无鼓乐、无鞭炮,冷冷清清,但是哀思绵绵,路旁观者,无不泪下。

送葬回来,龚星北看看天井里剪掉花头的空枝,取下笛子,在笛胆里注了一点水,笛膜上蘸了一点唾沫,贴了一张"水膏药",试了试笛声,高吹了一首曲子,曲名《庄周梦》。

一九九三年七月十七日

子孙万代

傅玉涛是"写字"的。"写字"就是给剧场写海报，给戏班抄本子。抄"总讲"（全剧），抄"单提"（分发给演员的，只有该演员所演角色的单独的唱词）。他的字写得不错，"欧底赵面"。时不常的，有人求他写一个单条，写一个扇面。后来，海报改成了彩印的，剧本大都油印了或打字了，他就到剧场卖票。日子还算混得过去。

他有个癖好，爱收藏小文物。他有一面葡萄海马镜，一个"长乐未央"瓦当，一块藕粉地鸡血石章，一块"都陵坑"田黄，一对赵子玉的蛐蛐罐，十几把扇子。齐白石、陈衡恪、姚茫父、王梦白、金北楼、王雪涛。最名贵的是一把吴昌硕画的，画的是枇杷，题句是"鸟疑金弹不敢啄"。他不养花，不养鸟，没事就是反反复复地欣赏他的藏品。这些小文物大都是花不多的钱从打小鼓的小赵手里买的。小赵和他是街坊，收到什么东西愿意让傅玉涛过过眼，小赵佩服傅玉涛，认为他懂行。傅玉涛也确实帮小赵鉴定过一些字画瓷器，使小赵卖了一个好价钱。

一天，小赵拿了一对核桃，请傅玉涛看看，能不能卖个块儿八毛的。傅玉涛接过来一看，用手掂了掂两颗核桃，说：

"哎呀，这可是好东西！两颗核桃的大小、分量、形状，完全一样，是天生的一对。这是'子孙万代'呀！""什么叫'子孙万代'？"

"这你都不懂，亏你还是个打小鼓的呢！你看，这核桃的疙瘩都是一个一个小葫芦。这就叫'子孙万代'。这是真的'子孙万代'。"

"'子孙万代'还有真假之分？""真的葫芦是生成的，假'子孙万代'动过刀，有的葫芦是刻出来的。这对核桃可够年份了。大概已经经过两代人的手。没有个几十年，揉不出这样。你看看这颜色：红里透紫，紫里透红，晶莹发亮，乍一看，像是外面有一层水。这种色，是人的血气透进核桃所形成。好东西！好东西！——让给我吧！"

"傅先生喜欢，拿去玩吧。""得说个价。"

"咳，说什么价，我一毛钱收来的。"

"那，这么着吧，我给两块钱，算是占了你的大便宜了。"

"傅先生，您这是干什么！咱们是老街坊，我受过您的好处，一对核桃还过不着吗？"

傅玉涛掏出两块钱，塞进小赵的口袋。

"傅先生！傅先生！唉，这是怎么话说的！"

傅玉涛对这一对核桃真是爱如性命，他做了两个平绒小口袋，把两颗核桃分别装在里面，随身带着。一有空，就取出来看看，轻轻地揉两下，不多揉。这对核桃正是好时候，再多揉，就揉过了，那些小葫芦就会圆了，模糊了。

"文化大革命"。

红卫兵到傅玉涛家来破四旧,把他的小文物装进一个麻袋,呼啸而去。

四人帮垮台。

傅玉涛不再收藏文物,但是他还是爱逛地摊,逛古玩店。有时他想也许能遇到这对核桃。随即觉得这想法很可笑。十年浩劫,多少重要文物都毁了,这对核桃还能存在人间么?

一天,他经过缸瓦市一个小古玩店,进去看了看。一看,他的眼睛亮了:他的那对核桃!核桃放在一个玛瑙碟子里。他掏出放大镜,隔着橱柜的玻璃细细地看看:没错!这对核桃他看的次数太多了,核桃上有多少个小葫芦他都数得出来。他问售货员:"这对核桃是什么人卖的?"——"保密"。——"原先核桃有两个平绒小口袋装着的。"——"有。扔了。——你怎么知道?"——"小口袋是我缝的。"——"?"傅玉涛看了看标价:外汇券250。这时进来了一个老外。老外东看看,西看看,看见这对核桃。

"这是什么?"

售货员答:"核桃。"

"玉的?"

"不是玉的。就是核桃。"

"那为什么卖那么贵?"

售货员请傅玉涛给老外解释解释。

傅玉涛说:"这不是普通的核桃,是山核桃。"

"山核桃?"

"这种核桃不是吃的,是揉的。"

"揉的?"

傅玉涛叫售货员把玻璃柜打开。傅玉涛把两颗核桃拿在手里,熟练地揉了几圈。

"这样。"

"揉?有什么好处?"

"舒筋活血。"

"舒,筋,活,血?"

"您看这核桃的色,红里透紫,紫里透红,这

子孙万代

是人的血气透进了核桃。"

"血——气?"

"把核桃揉成这样,得好几十年。"

"好几十年?"

"两代人。"

"两代人,揉一对核桃?"

"Yes!"

"这对核桃,有一个名堂,叫'子孙万代'。"

"子孙万代?"

"您看这一个一个小疙瘩,都是小葫芦。"傅玉涛把放大镜给老外,老外使劲地看。

"是雕刻的?"

"No,是天生的。"

"天生的?噢,上帝!"

"这样的核桃,全中国,您找不出第二对。"

"我买了!"

老外付了钱,对傅玉涛说:"Thank You,——谢谢你!"

老外拿了这对子孙万代核桃，一路上嘟哝："子，孙，万，代！子孙万代！"

傅玉涛回家，炒了一个麻豆腐，喝了二两酒，用筷子敲着碗也唱了一句西皮慢三眼：

"我好比笼中鸟有翅难展……"

一九九三年八月二十七日

水蛇腰

崔兰是个水蛇腰。腰细，长，软。走起路来扭扭的。很多人爱看她走路。路上行人，尤其是那些男教员。看过来，看过去，眼睛很馋。崔兰并不知道有人看她。她只是自自然然地走。崔兰还小，才读小学五年级，虽然发育得比较快，对于许多事还有点朦朦的感觉，并不大懂。她还不知道卖弄风情，逗引男人。

崔兰结婚早。未免过早一点，高小毕业就结婚了。在这所六年级制的小学里，也许她是结婚最早的一个。嫁的是朱家，朱家的少爷。朱家是很阔的人家，开面粉厂。这个地方把面粉叫"洋面"，这个面粉厂叫"洋面厂"。崔兰嫁的是洋面厂的小老板。崔兰怎么会嫁到朱家去的呢？

崔兰的父亲是洋面厂的账房先生,崔兰常给她父亲到洋面厂去送饭(崔兰的母亲死得早,家里许多事得她管),朱家的少爷一眼看上了崔兰,托人说媒,非崔兰不娶。崔兰的父亲自然没有意见,崔兰只说了两句话:"我还小哩。……他们家太阔了!"事情就定了。

结婚三朝,正是阴历七月十五,"迎会"(赛城隍)的日子。这个地方每年七月十五"出会"。近响午时把城隍老爷的"大驾"从庙里请出来,在主要街道上"巡"一"巡",到"行宫"里休息,下午再"回銮"。这是一年里最隆重而热闹的日子。大锣大鼓,丝竹齐奏。踩高跷,舞狮子,舞龙,舞"大头和尚"(月明和尚度柳翠)。高跷有"火烧向大人"(向大人即清末征太平天国的名将向荣)。柳枝腔"小上坟"贾大老爷用一个夜壶喝酒……茶担子、花担子,倾城出动,鞭花匉鸣,各种果品,各种鲜花,填街满巷,吟叶百端……

朱家的少爷带着新娘子去"看会",手拉手。从挡军楼(洋面厂的所在)一直走到中市口(全城

水蛇腰　311

最繁华处)。新婚夫妻在大街上,那样亲热,在那么多人面前手搀手地走,很多"老古板"看不惯。

他们的衣装打扮也是这城里的人没有见过的。朱家少爷穿了一件月白香云纱长衫,上面却罩了一个掐了玫瑰红韭菜叶边的黑缎子小马甲。马甲插边,还是玫瑰红的,男不男,女不女!

崔兰穿的是一件大红嵌金线乔其纱旗袍,脚下是一双麂皮软底便鞋,很显脚形,——崔兰的脚很好看,长丝袜。新烫的头发(特为到上海烫的),鬓边插一朵小小的珍珠偏凤。脸上涂了夏士莲香粉蜜,旁氏口红,描眉画眼,风姿绰约,光彩照人。

朱家少爷和崔兰坐在王万丰(这是中市口一家大酱园)楼上靠栏杆一张小方桌前的藤椅(这是特为给上宾留的特座)上看会,喝茶,嗑瓜子。楼下的往来人议论纷纷,七嘴八舌。有男的,也有女的。有荤的也有素的。有的人说出了声(小声),有的只是自己在心里想。

——崔兰这双丝袜得多少钱?

——反正你我买不起!

——她的旗袍开衩未免太高了,又坐在栏杆旁边,从下面什么都看见了!

——她穿了裤子没有?

——她晚上上床,一定很会扭,扭得很好看。

——你怎会知道?

——想当然耳,想当然耳!

—闭上你们这些男人的臭嘴!

一夜之间,崔兰从一个毛丫头变成了一个少奶奶,不知道为什么,很多人为此很不平。一句话在很多人的嘴里和心里盘桓。

"这可真是糠箩跳米箩了!"

一九九五年四月八日

薛大娘

薛大娘是卖菜的。

她住在螺蛳坝南面，占地相当大，房屋也宽敞，她的房子有点特别，正面、东西两边各有三间低低的瓦房，三处房子各自独立，不相连通。没有围墙，也没有院门，老远就能看见。

正屋朝南，后枕臭河边的河水。河水是死水，但并不臭；当初不知怎么起了这么一个地名。有时雨水多，打通螺蛳坝到越塘之间的淤塞的旧河，就成了活水。正屋当中是"堂屋"，挂着一轴"家神菩萨"的画。这是逢年过节磕头烧香的地方，也是一家人吃饭的地方。正屋一侧是薛大娘的儿子大龙的卧室，另一侧是贮藏室，放着水桶、粪桶、扁担、勺子、菜种、草灰。正屋之南是一片菜园，种了不少菜。因为土好，用水方便——下河坎就能装满一担水，菜长得很好。每天上午，从路边经过，总可以看到大龙洗菜、浇水、浇粪。他把两桶稀粪水用一个长柄的木勺子扇面似的均匀地洒开。太阳照着粪水，闪着金光，让人感到：这又是新的一天了。菜园的一边种了一畦韭菜，垅了一畦葱还有几架宽扁豆。韭菜、葱是自家吃的，扁豆则是种了好玩的。紫色的扁豆花一串一串，很好看。种菜给了大龙一种快乐。他二十岁了，腰腿矫健，还没有结婚。

　　薛大娘的丈夫是个裁缝，人很老实，整天没有几句话。他住东边的三间，带着两个徒弟裁、剪、缝、连、锁边、打纽子。晚上就睡在这里。他在房事上不大行。西医说他"性功能不全"，有个江湖郎中说他"只能生子，不能取乐"。他在这上头也就看得很淡，不大有什么欲望。他很少向薛大娘提出要求，薛大娘也不勉强他。自从生了大龙，两口子就不大同房，实际上是分开过了。但也是和和睦睦的，没有听到过他们吵架。薛大娘自住在西边三间里。她卖菜。

每天一早,大龙把青菜起出来,削去泥根,在两边扁圆的菜筐里码好,在臭河边的水里灌洗干净,薛大娘就担了两筐菜,大步流星地上市了。她的菜筐多半歇在保全堂药店的廊檐下。

说不准薛大娘的年龄。按说总该过四十了,她的儿子都二十岁了嘛。但是看不出。她个子高高的,腰腿灵活,眼睛亮灼灼的。引人注意的是她一对奶子,尖尖耸耸的,在蓝布衫后面顶着。还不像一个有二十岁的儿子的人。没有人议论过薛大娘好看还是不好看,但是她眉宇间有点英气。算得上是个一丈青。

她的菜肥嫩水足。很快就卖完了。卖完了菜,在保全堂店堂里坐坐,从茶壶焐子里倒一杯热茶,跟药店的"同事"说说话。然后上街买点零碎东西,回家做饭。她和丈夫虽然分开过,但并未分灶,饭还在一处吃。

薛大娘有个"副业",给青年男女拉关系——拉皮条。附近几条街上有一些"小莲子"——本地把年轻的女佣人叫做"小莲子",她们都是十六七、十七八,都是从农村来的。这些农村姑娘到了这个不大的县城里,就觉得这是花花世界。她们的衣装打扮变了。比如,上衣掐了腰,合身抱体,这在农村里是没有的。她们也学会了搽脂抹粉。连走路的样子都变了,走起来扭扭答答的。不少小莲子认了薛大娘当干妈。

街上有一些风流潇洒的年轻人,本地叫做"油儿"。这些"油儿"的眼睛总在小莲子身上转。有时跟在后面,自言自语,说一些调情的疯话:"花开花谢年年有,人过青春不再来";"易求无价宝,难得有情郎。"小莲子大都脸色矜持,不理他。跟的次数多了,不免从眼角瞟几眼,觉得这人还不讨厌,慢慢地就能说说话了。"油儿"问小莲子是哪个乡的人,多大了,家里还有谁。小莲子都小声回答了他。

"油儿"倒觉得小莲子对他有点意思了,就找到薛大娘,求她把小莲子弄到她家里来会会。薛大娘的三间屋就成了"台基"——本地把提供男女欢会的地方叫做"台基"。小莲子来了，薛大娘说："你们好好谈吧"，就把门带上，从外面反锁了。她到熟人家坐半天，有一搭无一搭地聊聊，估计时间差不多了才回来开锁推门。她问小莲子"好么？"小莲子满脸通红，低了头，小声说："好"——"好，以后常来。不要叫主家发现，扯个谎，就说在街上碰到了舅舅，陪他买了会东西。"

欢会一次，"油儿"总要丢下一点钱，给小莲子，也包括给大娘的酬谢。钱一般不递给小莲子手上，由大娘分配。钱多钱少，并无定例。但大体上有个"时价"。臭河边还有一处"台基"，大娘姓苗。苗大娘是要开价的。有一次一个"油儿"找一个小莲子，苗大娘索价二元。她对这两块钱作了合理的分配，对小莲子说："枕头五毛炕五毛，大娘五毛你五毛。"

薛大娘拉皮条，有人有议论。薛大娘说："他们一个有情，一个愿意，我只是拉拉纤，这是积德的事，有什么不好？"

薛大娘每天到保全堂来，和保全堂上上下下都很熟。保全堂的东家有一点很特别,他的店里不用本地人,从上到下:管事(经理)、"同事"(本地把店员叫"同事")、"刀上"(切药的)乃至挑水做饭的,全都是淮安人。这些淮安人一年有一个月假期,轮流回去,做传宗接代的事,其余十一个月吃住都在店里。他们一年要打十一个月的光棍。谁什么时候回家,什么时候假满回店,薛大娘了如指掌。她对他们很同情,有心给他们拉拉纤,找两个干女儿和他们认识,但是办不到。这些"同事"全都是拉家带口,没有余钱可以做一点风流事。

保全堂调进一个新"管事"——老"管事"刘先生因病去世了,是从万全堂调过来的。保全堂、万全堂是一个东家。新"管事"姓吕,街上人都称之为吕先生,上了年纪的则称之为"吕三"——他行三,原是万全堂的"头柜",因为人很志诚可靠,也精明能干,被东家看中,调过来了。按规矩,当了"管事",就有"身股",或称"人股",算是股东之一。年底可以分红,因此"管事"都很用心尽职。

也是缘份，薛大娘看到吕三，打心里喜欢他。吕三已经是"管事"了，但岁数并不大，才三十多岁。这样年轻就当了管事的，少有。"管事"大都是"板板六十四"的老头，"同事"、学生意的"相公"都对"管事"有点害怕。吕先生可不是这样，和店里的"同事"、来闲坐喝茶的街邻全都有说有笑，而且他的话都很有趣。薛大娘爱听他说话，爱跟他说话，见了他就眉开眼笑。薛大娘对吕先生的喜爱毫不遮掩。她心里好像开了一朵花。

吕三也像药店的"同事""刀上"，每年回家一次，平常住在店里。他一个人住在后柜的单间里。后柜里除了现金、账簿，还有一些贵重的药：犀牛角、鹿茸、高丽参、藏红花……

吕先生离开万全堂到保全堂来了，他还是万全堂的老人，有时有事要和万全堂的"管事"老苏先生商量商量，请教请教。从保全堂到万全堂，要经过臭河边，经过薛大娘的家。有时他们就做伴一起走。

有一次，薛大娘到了家门口，对吕三说："你下午上我这儿来一趟。"

吕先生从万全堂办完事回来,到了薛家,薛大娘一把把他拉进了屋里。进了屋,薛大娘就解开上衣,让吕三摸她的奶子。随即把浑身衣服都脱了,对吕三说:"来!"

她问吕三:"快活吗?"——"快活。"——"那就弄吧,痛痛快快地弄!"薛大娘的儿子已经二十岁,但是她好像第一次真正做了女人。

好事不出门,坏事传千里,薛大娘和吕三的事渐渐被人察觉,议论纷纷。薛大娘的老姊妹劝她不要再"偷"吕三,说:

"你图个什么呢?"

"不图什么,我喜欢他。他一年打十一个月光棍,我让他快活快活,——我也快活,这有什么不对?有什么不好?谁爱嚼舌头,让她们嚼去吧!"

薛大娘不爱穿鞋袜,除了下雪天,她都是赤脚穿草鞋,十个脚趾舒舒展展,无拘无束。她的脚总是洗得很干净。这是一双健康的,因而是很美的脚。

薛大娘身心都很健康。她的性格没有被扭曲、被压抑。舒舒展展，无拘无束。这是一个彻底解放的，自由的人。

一九九五年九月二十二日

关老爷

老关老爷——关老爷的父亲作过两任两淮盐务道,搂了不少银子,他喜欢这小城,土地肥美,人情淳厚,就在这里落户安家,起房屋,置田地,优哉游哉当了几年快活神仙老太爷。老关老爷的丧事办得极其体面。老关老爷死后,关老爷承其父业,房屋盖得更大,田地置得更多。一沟、二沟、三垛、钱家伙都有他的庄子。他是旗人。旗人有族无姓,关老爷却沿其父训,姓了关。关老爷的二儿子是个少年名士,还刻了一块图章:汉寿亭侯之后,其实关家和关云长是没有关系的。关老爷有两个特点。一是说了一嘴地道京腔,比如,他见小孩子吸烟,就劝道"小孩子不抽烟"!本地都说"吃烟",他却说"抽烟",本地人觉得这很奇怪。一是他走起路来是方步,有点像戏台上的台步,特别像方巾丑。这城里有几家旗人,他们见面时都还行旗礼——打千儿,本地人觉得他们好像在演戏,很滑稽,很可笑。关老爷个子不高,矮墩墩的。方脸。"高帝子孙多隆准",高鼻梁。留两撇八字胡。立如松,坐如钟,他的行动都是很端正的。他的为人也很正派。他不抽大烟,不嫖,不赌。只是每年要下乡看一次青。

"看青"即估产。田主和佃户一同看看今年的庄稼长势,估计会有多少收成,能交多少租。一到稻子开花,关老爷就带了"田禾先生"下乡。关老爷骑一匹大青走骡,田禾先生骑一匹粉嘴踢雪黑叫驴,一路分花度柳,款款而行。庄稼碧绿,油菜金黄,一阵一阵野蔷薇的香味扑鼻而来,关老爷东张张西望望,心情十分舒畅。他下乡看青,其实是出来玩玩,看看野景,尝尝野味,改变一下他在深宅大院里的生活。估产定租这些事自有田禾先生和庄头商量,他最多只是点点头,摇摇头。他看的什么青!这些事他也不懂。他还带着一个厨子。厨子头一天已经带了伏酱秋油,五香八角,一应作料,乘船到了一沟。

在路上吃过一碗虾仁鳝丝面,中午饭就不吃了,关老爷要眯一小觉。起来,由庄头领着,田禾先生随着,绕村各处看了看。田禾先生和庄头估计今年收成,商谈得很细,各处田土高低,水流洪窄,哪一个八亩能打多少,哪一堤桎柳能卖多少钱……意见一致,就粗粗落了纸笔,有时意见相左,争持不下,甚至会吵了起来。到了太阳偏西,还没有一个通盘结果。关老爷只在喝茶抽烟,听他们争吵,不置一词。厨子来问:"开不开饭?"关老爷肚子有点饿了,就说:"开饭开饭!先吃饭,剩下的尾数也不值仨瓜俩枣,明天再议。"

关老爷在一沟的食单如下:

凉碟——醉虾,炸禾花雀,还有乡下人不吃的火焙蚂蚱,油氽蚕茧;热菜——叉烧野兔,黄焖小公狗肉,干炸活鳑花鱼;汤——清炖野鸡。他不想吃饭,要了两个乡下面点:榆钱蒸糕,面拖灰翟菜加蒜泥。关老爷喝酒上脸,三杯下肚就真成了关公了。喝了两杯普洱茶，就有点吃饱了食困，睁不开眼了。他还要念一会经。他是修密宗的，念的是喇嘛经。他要睡了。庄头已经安排了一个大姑娘或小媳妇，给他铺好被窝，陪他睡下了。

第二天起来，就什么都好说了，一切都按庄头的话定规。

他给陪他睡的大姑娘、小媳妇一个金戒指。他每次都要带十多二十个戒指，田禾先生知道，关老爷下乡看青，只是要把一口袋戒指给出去，他和庄头磨牙费嘴都只是过场而已。

一沟、二沟、三垛转了一圈，关老爷累了，回到钱家伙喝了人参汤，大睡了两天，回家，完成了他的看青壮举，得胜还朝。

关老爷是旗人，又是从外地迁来的，本地亲戚很少，只有一个老姑奶奶嫁给阚家；一个老姨嫁给简家，算是至亲。有熟读《三国演义》的人说：你们一家是阚泽的后人，一个是简雍的后人，这样的姓很少，难得！关老爷和岑直斋小时候是同学，跟杨又渔学过做古文、制艺、试帖诗，以后常在一起作文酒之游。关老爷的二儿子关汇和岑直斋的大儿子岑瑜从小学到中学都是同班同学。这几家是通家之好，婚丧嫁娶，办生做寿，走动得很勤。

岑直斋的女儿岑瑾是个美人（她母亲是姨太太，本是南堂子里的名妓）。她眼睛弯弯的，常若含笑，皮肤非常白嫩，真是"吹弹得破"，——因此每年都生冻疮。关汇很爱看岑瑾的一举一动，他央求老姨奶奶到岑家说媒。岑瑾的妈说这得问问她本人。岑瑾本不愿意，理由是：一、她比关汇还大两岁；二、关汇身体不好，有点驼背；三、他在学校里功课不好，尤其是数、理、化。她妈说：大两岁没有关系，大媳妇知道疼女婿；身体不好，可以吃药调理；功课——关家这样的人家不指着儿子做事挣钱，一个庄子就够吃一辈子。经过妈下了水磨功夫掰开揉碎反复开导，岑瑾想：富贵人家的子弟差不多也就是这样，就说："妈，您作主！"这样关汇和岑瑾就定了婚，他们那年才读初三。关汇几乎每天都到岑家去，暑假就住在岑家，和岑瑜一起玩：用汽枪打鸟，钓鱼。关汇每天给岑瑾写情书，虽然天天见面。情书大都是把旧诗词改头换面。如"身无彩凤双飞翼，心有灵犀一点通"之类，他送岑瑾一张放大十寸的相片，岑瑾把相片配了框子挂在墙上。岑瑾觉得她迟早是关家的人了，也不再有别的想法。

初中毕业，关汇到上海去读高中，岑瑾到苏州读了女子师范，暂时"劳燕分飞"了。关汇还是每天写信，热情洋溢；岑瑾也回信，但是关汇觉得她的信感情有点冷淡。

关家老太太急于想早一点抱孙子，姑奶奶、姨奶奶也觉得关汇的婚事不能再拖，就不断催关汇把事情办了。于是在关汇和岑瑾高三寒假就举行了婚礼。两家亲友都不甚多，但是吹吹打打，也很热闹。婚礼半新不旧。关汇坚持穿燕尾服，不穿袍子马褂，岑瑾披婚纱，但是拜堂行礼却是旧式的。燕尾服，婚纱，磕头，有点滑稽。热闹了一天，客人散尽，关汇、岑瑾入洞房。三天无大小，有些姑娘小子把耳朵贴在房门上"听房"。什么也没有听见。

半夜里，听到劈劈啪啪的声音，打人？关老爷一听，不对！把关老太太叫起来，叫她带了大儿媳妇赶紧去看看。撞开了房门，只见岑瑾在床前跪着，关汇拿了一根马鞭没头没脸地打她。打一鞭，骂一句："你欺骗了我！你欺骗了我！"大嫂把岑瑾拉起来，给她盖了被窝；老太太把关汇拉到关老爷的书房里，问："为什么打她？"关汇气得浑身发抖，说："她欺骗了我！她欺骗了我！"——"怎么回事？"——"她不是处女！不是处女啊！"

这里的风俗，三天回门，要把那点女儿红包在一方白绫子里，亲手交给妈妈。妈妈接过白绫子，又是哭，又是笑："闺女！好闺女！"

岑瑾三天回门，这门怎么回呢？关汇不去。老太太再三给他央求，说"关、岑两家，不能让人议论"。好说歹说"你就给妈这点面子，我求你了！"老太太差点跪下。关汇只能铁青着脸进了岑家的门，连饭都没有吃，推说头疼，就先回去了。

关汇不进岑瑾的门，自在书房里睡。关岑两家是不能离婚的。一离婚，就会引起一县人的揣测刺探。只好就这样拖下去。拖到什么时候呢？这事总得有个了局。"会是怎样的结局呢?"

关老爷还是每年下乡看青。他把他的看青的"章程"略微作了一点修改:凡是陪他睡觉的,倘是处女——真正的黄花闺女,加倍有赏——给两个金戒指。

一九九六年一月二十二日

合　锦

魏小坡原是一个钱谷师爷。"师爷"是衙门里对幕友的尊称，分为两类。一类是参谋司法行政的，称为"刑名师爷"；一类是主办钱粮、税收、会计的，称为"钱谷师爷"。"刑名师爷"亦称"黑笔师爷"；"钱谷师爷"亦称"红笔师爷"。他们有点近乎后来的参谋、秘书班子。虽无官职，但出谋划策，能左右主管官长的思路举措。师爷是读书人考取功名以外的另一条生活途径，有他们自己一套价值观念。求财取利的法门，也是要从师学习的。师爷自成网络，互通声气，翻云覆雨，是中国的吏治史上的一种特殊人物。师爷大都是绍兴人，鲁迅文章曾经提到过。京剧《四进士》中道台顾读的师爷曾经挟带赃款，不辞而别，把顾读害得不浅。清室既亡，这种人没有了，代之而起的是秘书、干事。但是地方官有些事，如何逢迎辖治、推诿延宕……还得把老师爷请去，在"等因奉此"的公文稿上斟酌一番，趋避得体，动一两句话，甚至改一两个字，果然是"一鞭一条痕，一掴一掌血"，老辣之至。事前事后，当官的自然不会叫他们白干，总得有一点"意思"。

魏小坡已经三代在这个县城当师爷。"民国"以后就洗手不干了，在这里落户定居。除了说话中还有一两句绍兴字眼，如"娘东戳杀"，吃菜口重，爱吃咸鱼和霉干菜，此外已经和本地人没有什么两样。他在钱家伙买了四十亩好田（他是钱谷师爷，对田地的高低四至、水源渠堰自然非常熟悉），靠收租过日子。虽不算缙绅之家，比起"挑箩把担"的，在生活上却优裕得多。

他的这座房屋的格局却有些特别，或者也可以说是不成格局。大门朝西，进门就是一台锅灶。有锅三口：头锅、二锅、三锅。正当中是一个矮饭桌，是一家人吃饭的桌子。魏小坡家人口不多，只有四口人。不知道为什么在这样的矮桌上吃饭。南边是两间卧室,住着魏小坡的两个老婆,大奶奶和二奶奶。两个老婆是亲姊妹。姊妹二人同嫁一个丈夫,在这县城里并非绝无仅有。大奶奶进门三年,没有生养,于是和双亲二老和妹妹本人商量,把妹妹也嫁过来。这样不但妹妹可望生下一男半女,同时姊妹也好相处,不会像娶个小搅得家宅不安。不想妹妹进门三年仍是空怀,姐姐却怀上了,生了一个儿子!

大奶奶为人宽厚。佃户送租子来,总要留饭,大海碗盛得很满,压得很实。没有什么好菜,白菜萝卜烧豆腐总是有的。

锅灶间养着一只狮子玚琚猫,一只黄狗。大奶奶每天都要给猫用小鱼拌饭,让黄狗嚼得到骨头。

出锅灶间,往后,是一个不大的花园。魏小坡爱花连翘、紫荆、碧桃、紫白丁香……都开得很热闹。魏小坡一早临写一遍《九成宫醴泉铭》,就趿着鞋侍弄他的那些花。八月,他用莲子(不是用藕)种了一缸小荷花,从越塘捞了二三十尾小鱼秧养在荷花缸里，看看它们悠然来去，真是万虑俱消，如同置身濠濮之间。冬天，腊梅怒放，天竺透红。

说魏家房屋格局特别，是小花园南边有一小侧门，出侧门。地势忽然高起，高地上有几间房，须走上五六级"坡台子"（台阶）才到。好像这是另外一家似的。这是为了儿子结婚用的。

魏小坡的儿子名叫魏潮珠（这县西边有一口大湖，叫氅射湖，据说湖中有神珠，珠出时极明亮，岸上树木皆有影，故湖亦名珠湖）。魏大奶奶盼着早一点抱孙子，魏潮珠早就订了亲，就要办喜事。儿媳妇名卜小玲，是乾升和糕饼店的女儿，两家相距只二三十步路。

我陪我的祖母到魏家去（我们两家是斜对门）。魏家的人听说汪家老太太要来，全都起身恭候。祖母进门道了喜，要去看看魏小坡种的花。"唔，花种得好！花好月圆，兴旺发达！"她还要到后面看看。后面的房屋正中是客厅，东边是新房，西边一间是魏潮珠的书房，全都裱糊得四白落地，簌崭新。我对新房里的陈设，书房里的古玩全都不感兴趣，只有客厅正面的画却觉得很新鲜。画的是很苍劲的梅花。特别处是分开来挂，是四扇屏；相挨着并挂，却是一个大横幅。这样的画我没有见过。回去问父亲，父亲说："这叫'合锦'，这样的画品格低俗，和一个钱谷师爷倒也相配。他这堂画用的是真西洋红，所以很鲜艳。"

卜小玲嫁过来，很快就怀了孕。魏大奶奶却病了，吃不下东西，只能进水，不能进食，这是"噎嗝"。"疯痨气臌嗝，阎王请的客"，这是不治之症，请医服药，只能拖一天算一天。

一天，大奶奶把二奶奶请过来，交出一串钥匙，对妹妹说："妹妹，我不行了，这个家你就管起吧。"二奶奶说："姐姐，你放心养病。你这病能好！"可是一转眼，在姐姐不留神的时候，她就把钥匙掖了起来。

没有多少日子，魏大奶奶"驾返瑶池"了，二奶奶当了家。

二奶奶持家和大奶奶大不相同。她非常啬刻。煮饭量米，一减再减，菜总是煮小白菜、炒豆腐渣。女佣人做菜，她总是嫌油下得太多。"少倒一点！少倒一点！这样下油法，万贯家财也架不住"咸菜煮小鱼、药芹（水芹菜），这是荤菜。她的一个特点是不相信人，对人总是怀疑、嘀咕、提防，觉得有人偷了她什么。一个女佣人专洗大件的被子、帐子，通阴沟、倒马桶，力气很大。"她怎么力气这样大呢？"于是断定女佣人偷吃了泡锅巴。丢了一点什么不值几个钱的东西：一块布头、一团烂毛线，她断定是出了家贼，"家贼难防狗不咬！"有一次丢失了一个金戒指，这可不得了，搅得天翻地覆。从里到外搜了佣人身子，翻遍了被褥，结果是她自己藏在梳头桌的小抽屉里了！卜小玲做月子，娘家送来两只老母鸡炖汤。汤放在儿媳妇"迎桌"的砂锅里。二奶奶用小调羹舀一勺，聚精会神地尝了尝。卜小玲看看婆婆的神态，知道她在琢磨吴妈是不是偷喝了鸡汤又往汤里对了开水。卜小玲很生气，说："吴妈是我小时候的奶妈，样是喝了她的奶长大的，她不会偷喝我的鸡汤！婆婆你就放心吧！你连吴妈也怀疑，叫我感情上很不舒服!"——"我这是为你!知人知面不知心,难说!难说!"卜小玲气得面朝里,不理婆婆:"什么人哩!"二奶奶这样多疑,弄得所有的人都不舒服。原来有说有笑、和和气气的一家人,弄得清锅冷灶,寡淡无聊。谁都怕不定什么时候触动二奶奶的一根什么筋,二奶奶的脸上刷地一下就挂下了一层六月严霜。猫也瘦了,狗也瘦了,人也瘦了,花也瘦了。二奶奶从来不为自己的多疑觉得惭愧,觉得对不起人。她觉得理所应该。魏小坡说二奶奶不通人情,她说:"过日子必须刻薄成家!"魏小坡听见,大怒,拍桌子大骂:"下一句是什么?"

魏家用过几次佣人,有一回一个月里竟换了十次佣人。荐头店要帮人的,听说是魏家,都说:"不去!"

后客厅的梅花"合锦"第三条的绫边受潮脱落了,魏小坡几次说拿到裱画店去修补一下,二奶奶不理会。这个屏条于是老是松松地卷着,放在条几的一角。

百蝶图

小陈三是个卖绒花的货郎。他父亲活着的时候就是个货郎,卖绒花。父亲死了,子承父业,他十六七岁就挑起货郎担卖绒花。城里人叫他小货郎,也叫他小陈。有些人叫他小陈三,则不知是什么道理。他是个独儿子,并无兄弟。也许因为他人缘好,长得聪明清秀,这么叫着亲切。他家住泰山庙。每天从家里出来,沿科甲巷,越塘,进东门,经王家亭子,过奎楼,奔南市口,在焦家巷、百岁巷、熙和巷等几条大巷子都停一停。把货郎担歇在巷口,举起羊皮拨浪鼓摇一气:布楞、布楞、布楞楞……宅门开了,走出一个大姑娘、小媳妇、老太太。

"小陈三,来了?"

"来了您哪!"

"有好花没有?"

"有!昨天刚从扬州贩来的。您瞧瞧!"

小陈三把货郎担的圆笼一个一个打开,摆在扫净的阶石上让人观赏。

他的担子两头各有四层。已经用了两代人,还是严丝合缝,光泽如新,毫不走形。四层圆屉,摞得高高的,但挑起来没有多大分量,因为里面都是女人戴的花:大红剪绒的红双喜、团寿字,这是老太太要的;米珠子穿成的珠花,是少奶奶订的;绢花、通草花,颜色深浅不一,都好像真花,有的通草花上还伏了一只黑凤蝶,凤蝶触须是极细的"花丝"拧成的,拿在手里不停地颤动,好像凤蝶就要起翅飞走。小陈三一枝一枝送到大姑娘、小媳妇、老太太面前,她们能不买一两枝么?

有的姑娘媳妇是为了看两眼小陈三,才买他的花的。货郎担的一屉放的是绣花用的彩绒丝线。一天,小陈挑了货郎担往南城去,到了王家亭子边上,忽然下起雨来。真是瓢泼大雨!雨暴风狂,小陈站不住脚，货郎担被风刮得拧着麻花乱转。附近没有地方可以躲避，小陈只好敲敲王家亭子的玻璃窗，问里面的王小玉，可以不可以让他进来避避雨。

"可以可以！进来进来！"

这王家亭子紧挨东门，正字应该叫做蝶园，本是王家的花园，算得是一处可以供人游赏的名胜。当日王家常在园中宴客，赋诗饮酒。后来王家渐渐衰败，子孙迁寓苏州，蝶园花木凋残，再也听不到吟诗拍曲的声音。只有"亭子"和亭前的半亩荷塘却保留了下来。所谓"亭子"实是一座五间的大厅。大厅四面开窗，十分敞亮。王家把大厅（包括全堂红木家具）和荷塘交给原来的管家老王头看管。清明上坟，偶尔来蝶园看看，平常是不来的。

小陈的上衣都湿透了，小玉叫他脱下来，在小缸灶里抓了一把柴禾，把小陈三的湿衣服搭在烘笼上烤着，扔给他一条手巾，叫他擦擦身上的雨水，给他一件父亲老王头的旧上衣，叫他披披。缸灶火上还炖了一壶茶水——老王头是喝茶的。还好，圆笼里的花没有湿了,但是怕受了潮气,闷得退了色,小玉还是帮小陈一屉一屉揭开,平放在红木条案上。

雨还在下。

小陈说:"这雨!"

小玉说:"这雨!"

"你一个人,不怕?"

"不怕!怕什么?"

小玉的父亲常常出去,给王家料理一点杂事:完钱粮、收佃户送来的租稻……找护国寺的老和尚聊天、有时还找老朋友喝个小酒,回来时往往是月亮照着城墙垛子了。

小玉胆很大。王家亭子紧挨着城墙,城外荒坟累累,还是杀人的刑场,鬼故事很多,她都不相信,只有一个故事,使她觉得很凄凉:一个外地人赶夜路,到了东门外,想抽一袋烟。前面有几个人围着一盏油灯。赶路人装了一袋烟,凑过去点个火。不想叭叽了半天,烟不着,他用手摸摸火苗,火是凉的!这几个是鬼!外地人赶紧走,鬼在他身后哈哈大笑。小玉时常想起凉的火、鬼哈哈大笑。但是她并不汗毛直竖。这个鬼故事有一种很美的东西，叫她感动。

小玉的母亲死得早，她十四岁就支撑门户，打里打外，利利落落，凡事很有决断。

母亲是个绣花女工，小玉从小就学会绣花。手很巧，平针、"乱屑"、挑花、"纳锦"都会。绣帐檐、门帘、枕头顶，都成。她能出样子、配颜色，在县城里有些名气，"打子儿"、"七色晕"，她为甄家即将出阁的小姐绣的一对门帘飘带赢得很多人称赞。白缎地子，平金纳锦飞龙。难的是龙的眼睛，眼珠是桂圆核壳钉上去的。桂圆核壳剪破，打了眼，头发丝缝缀。桂圆核很不好剪，一剪就破，又要一般大，一样圆，剪坏了好多桂圆，才能选出四颗眼珠。白地、金龙、乌黑闪亮的龙眼睛，神气活现。

小陈三看王小玉的绣活，王小玉看小货郎的绒花。喝着老王头的土叶茶，说着话，雨停了，小陈的上衣也干了，小陈告辞。小玉送到门口：

"常来!"

"哎,来!"

小陈三果然常来歇脚。他们说了很多话,还结伴到扬州辕门桥去过几次。小陈三办货,小玉买彩绒丝线。

王小玉是个美人,长得就像王家亭子前才出水的一箭荷花骨朵,细皮嫩肉,一笑俩酒窝。但是你最好不要招惹她。她双眼一瞪,够你小子哆嗦一会子,她会拿绣花针给你身下留下一点记号。

都说王小玉和小陈三是天生的一对。小玉对小陈三是喜欢的,认为他本小利薄,但是是一个有志气、有出息的后生。小玉对她自己的,也是小陈三的前途有个"远景规划"。她叫小陈三在南市口租一个门面,当中是店堂,两边设两个玻璃砖面的小柜台。一边卖她的绣活,小陈帮她接活,记帐;一边还可以由小陈卖绒花丝线。小陈可以不必再挑货郎担——愿意挑也可以,只是一天磨鞋底子,太辛苦了。兢兢业业,做上几年,小日子会红火起来的。"斗升之家"还能指望什么呢?

对小玉的"蓝图",小陈表示完全同意,只是:"太委屈你了!"

"我愿意!"

有一个人不思意。

谁?

小陈的妈。

小陈的父亲死得早,妈年轻守寡。她是个非常要强的女人。她眼睛有病,双眼有翳——白内障,见人只模模糊糊看见脸,眉眼分不太清,对面来人,听说话才知道是谁。就这样,她还一天不什闲,忙忙碌碌,家里收拾得"一水也似的"。儿子爱王小玉,她知道,因为儿子早在她耳朵跟前夸小玉,怎么好看,怎么能干,什么事都拿得起,放得下。老太太只是听着,不言语,转着灰白的眼珠子,好像想什么心事。

王小玉给孙家四小姐绣了一个幔帐。这孙四小姐是个很讲究的,欣赏品味很高的才女,衣着都别出心裁,不落俗套。她曾经让小玉绣过一"套"旗袍。一套三件。她一天三换衣,但是乍看看不出来，三件都绣的是白海棠，早起，海棠是骨朵，中午，海棠盛开了；晚上，海棠开败了。她要出嫁了，要小玉绣一个幔帐。她讨厌凤穿牡丹这样大红大绿的花样，让小玉给她绣一幅"百蝶图"，她收藏了一套《滕王蛱蝶》大册页，叫小玉照着绣。

小玉花了一个月，绣得了，张挂在王家，请孙四小姐来验看。孙四小姐一进门，只说了一个字："好！"王小玉绣的《百蝶图》轰动一城，来看的人很多。

小陈三的妈也来了。经过一个眼科名医生金针拨治，她的眼睛好多了，已经能看清楚黄瓜茄子。她凑近去细看了《百蝶图》，越看越有气。

小陈跟老太太提出要把小玉娶过来，他妈瞪着浑浊的眼睛喊叫起来：

"不行！"

小玉太好看，太聪明，太能干，是个人尖子。她的家里，绝对不能有个人尖子。她不能接受，不能容忍！

她宁可要一个窝窝囊囊的平庸的儿媳。

来了一个人尖子,把她往哪儿搁?

"你要娶王小玉,除非等我死了!"

小陈三不明白母亲为什么生那么大的气。小陈三是个孝子。"顺者为孝"。他只好听妈的,没有在家里吵嚷吼叫,日子过得还是平平静静的。但是小陈三的妈知道,儿子和妈之间在感上发生了很大的变化,她知道儿子对她有一种刻骨的怨恨。他一天不说话。他们的关系已经不是母亲和儿子,而是仇敌。

小陈三的妈有时也觉得做了一件错事。她也想求儿子原谅她,但是,决不!她没有错!

她为什么有如此恶毒的感情,连她自己也莫名其妙。

一九九六年七月二十三日